환생왕

ORIENTAL FANTASY STORY & ADVENTURE

요도 김남재 신무협 장편소설

★
dream
books
드림북스

환생왕 4

초판 1쇄 인쇄 2019년 12월 11일
초판 1쇄 발행 2019년 12월 30일

지은이 요도 김남재
발행인 오영배
편집 편집부
일러스트 나래
표지 · 본문 디자인 오정인
제작 조하늬

펴낸 곳 (주)삼양출판사 · 드림북스
주소 서울시 강북구 도봉로 173
대표 전화 02-980-2112 **팩스** 02-983-0660
편집부 전화 02-987-9393 **팩스** 02-980-2115
블로그 blog.naver.com/dreambookss
출판등록 1999년 3월 11일 제9-00046호

ⓒ 요도 김남재, 2019

ISBN 979-11-283-9757-8 (04810) / 979-11-283-9753-0 (세트)

+ (주)삼양출판사 · 드림북스의 서면 허락 없이는 어떠한 형태나 수단으로도 이 책의 내용을 이용하지 못합니다.
+ 지은이와 협의하에 인지는 생략합니다. 잘못된 책은 구입한 곳에서 바꾸어 드립니다.
+ 이 도서의 국립중앙도서관 출판시도서목록(CIP)은 서지정보유통지원시스템홈페이지(http://seoji.nl.go.kr)와 국가자료종합목록 구축시스템(http://kolis-net.nl.go.kr)에서 이용하실 수 있습니다. (CIP제어번호 : CIP2019049108)

드림북스는 (주)삼양출판사의 판타지 · 무협 문학 브랜드입니다.

환생왕
4
요도 김남재 신무협 장편소설
ORIENTAL FANTASY STORY & ADVENTURE
dream books
드림북스

목차

1장. 반조 —
변하고 있다

　상대방의 입에서 떨어지는 그 말을 듣는 순간 천무진의 전신이 마치 벼락이라도 맞은 것처럼 찌릿거렸다.

　그만큼 정체불명 사내의 입에서 나온 말은 충격적이었다.

　두 번째 목숨?

　그 말이 어떠한 뜻을 지녔는지 다른 사람은 몰라도 천무진 본인은 너무도 잘 알고 있었다.

　그랬기에 그는 놀랄 수밖에 없었다.

　자신이 한 번 죽었다가 과거로 다시금 돌아온 걸 어찌 저 자가 알고 있단 말인가.

환생을 한 이후 그 누구에게도 이 같은 사실을 발설한 적이 없거늘, 놀랍게도 초면인 사내가 이 같은 말을 꺼낸 것이다.

순간 무슨 말을 해야 할지 찾기 힘들 정도로 천무진의 머리가 새하얗게 변해 버렸다.

그만큼 사내의 입에서 나온 말은 그를 얼어붙게 만들었다.

사내가 손에 든 술잔을 내려놓으며 입을 열었다.

"이거 내가 알고 있어서 너무 놀란 눈친데."

"……지금 네가 한 말, 무슨 의미지?"

"뭐야. 모르는 척하기로 작전을 바꾼 건가?"

배 위에 앉은 채로 여전히 여유 가득한 모습을 내보이는 상대, 그런 그를 노려보던 천무진이 이내 짧게 대답했다.

"대답은 아래에서 듣지."

말과 함께 천무진은 곧바로 돌다리를 박차고 허공으로 치솟았다. 하늘 높이 날아올랐던 그의 몸이 빠르게 아래로 떨어져 내리다가 이내 물 위에 떠 있는 배 위에 가볍게 착지했다.

꽤나 높은 곳에서 떨어져 내렸음에도 불구하고 배는 아무런 일도 없었던 것처럼 미동조차 하지 않았다.

자그마한 나룻배였기에 천무진과 사내의 거리는 순식간에 좁혀져 있었다.

"이렇게 만나게 돼서 반갑군그래. 천룡의 후예."

자리에 앉아 술잔을 쥐고 있는 그가 씩 웃으며 지척으로 다가온 천무진을 맞았다.

천무진은 자신과 상대 사이에 어정쩡하게 서 있는 나이 든 사공을 향해 말했다.

"내리시오."

"예? 이건 제 배인데……."

사공 또한 지금 흘러가는 상황이 뭔가 위험하다는 건 직감했지만, 그럼에도 불구하고 배를 놔두고 가는 것은 석연치 않았는지 작게 중얼거렸다.

천무진이 품에 있는 전낭 하나를 꺼내서 그에게 휙 던졌다.

"어차피 이 배가 멀쩡하긴 그른 것 같으니 내가 사겠소. 이거면 이 배값으로 모자라지 않을 거요. 그러니 내리시오."

사공이 슬쩍 안에 든 돈을 살펴보니 분명 이런 자그마한 나룻배 두어 척은 충분히 살 정도의 금액이었다.

하지만 그렇다고 한들 지금 이렇게 물 위에 떠 있는 이 상황에 어디로 내린단 말인가.

사공이 어정쩡한 자세로 물과 천무진을 번갈아 바라봤다.

그 모습을 본 천무진이 사공을 향해 성큼 다가갔다. 놀란 그가 손을 들어 올리며 주춤할 때였다.

천무진이 사공의 허리춤을 감싸고 있는 끈으로 된 요대를 잡아챘다.

"으앗!"

놀란 사공이 소리를 지를 때였다.

허공으로 붕 떴던 그의 몸이 곧바로 가까이에 떠 있는 다른 나룻배 위로 던져졌다.

순식간에 사공을 다른 배로 보낸 천무진은 아직도 자리에 앉아 여유롭게 있는 상대를 응시했다.

사내가 말했다.

"이거 생각보다 화가 많이 난 모양이네."

"아까부터 네가 하고 싶은 말만 지껄이고 있는데 내가 한 질문에는 언제 답할 생각이지? 대답할 생각이 없으면 그렇다고 말해. 그 입, 내가 열리게 해 줄 테니까."

천무진은 지금 눈앞에 있는 이 상대에게 묻고 싶은 것이 너무도 많았다.

대체 너희들의 정체가 무엇인지, 또 원하는 게 뭔지도.

거기다 방금 이 사내가 내뱉은 한마디로 인해 또 하나의 커다란 의문이 생겨 버렸다.

어떻게 자신이 두 번째 삶을 살아가고 있다는 사실을 알

앉는지 말이다.

사내가 섭선을 든 손을 가볍게 흔들며 말을 받았다.

"우선은 앉지. 너 키가 커서 그렇게 서 있으면 보기가 좀 힘들거든. 그러면 내가 이야기를 하고 싶어지겠어?"

궁금한 것이 많았기에 천무진은 애써 들끓는 감정을 추스르며 그의 맞은편에 자리했다.

딱히 누군가가 노를 젓는 것이 아님에도 불구하고 배는 물살을 따라 점점 커다란 물길을 향해 나아가고 있었다.

맞은편에 앉은 천무진을 향해 사내가 술잔을 휙 들이밀었다.

놀랍게도 잔은 바닥에서 살짝 뜬 상태로 빙글빙글 회전하며 천무진에게 날아들었다. 그리고 천무진은 그 잔을 손바닥으로 받아 냈다.

탁.

가벼운 움직임들이었지만 천무진은 잔을 막아 내기 전부터 이미 알고 있었다. 날아드는 이 잔에 적잖은 내공이 담겨 있다는 사실을.

맹렬하게 회전하던 잔에서 연기가 피어올랐고, 이내 그 속도는 점점 줄어들었다. 그리고 그 와중에도 거의 꽉 차 있던 잔에서는 단 한 방울의 술도 떨어지지 않았다.

날아든 잔을 받아 낸 천무진은 술잔에 든 술을 마시지 않고 잔을 그대로 옆으로 밀어 뒀다.

그런 천무진의 모습에 사내가 눈을 동그랗게 뜨며 물었다.

"술 안 좋아하나 보네?"

"아니, 최소한 즐길 줄은 알지. 다만 너하고 마실 생각이 없는 것뿐이야."

"하하! 이거 미운털이 잔뜩 박혔군그래."

"미운털 말고 검을 박아 버리기 전에 묻는 거에 대답이나 해."

살기등등한 천무진의 모습에 사내가 자신의 잔에 술을 채우며 중얼거렸다.

"뭐가 그리 궁금한 건가. 우리의 정체? 아니면 내가 아는 다른 것들에 대해 궁금한 것 같기도 하고……."

"당연히 전부 다 말해야지."

"하하! 욕심이 많은 친구군. 그런데 어쩌지? 오늘의 난 너의 궁금증에 대답을 해 주려고 온 게 아닌데."

사내의 말에 천무진이 뭔가 반응을 하려고 할 때였다.

그가 곧바로 말을 이었다.

"오늘의 난 어르신의 말을 전하러 왔다."

"……우선 들어 보지."

천무진의 대답 이후 사내가 천천히 입을 열었다.

"얌전히 있어. 어차피 모든 건 이미 정해져 있고, 넌 그저 그 미래를 받아들이기만 하면 돼. 날뛰어 봤자 변하는 건 아무런 것도 없고 오히려 너만 더 힘들 뿐이다, 하고 전하라 하시더군."

"그게 끝인가?"

"응, 이게 내가 너에게 할 수 있는 말의 전부. 아, 내 이름 정도는 말해 줄 수 있겠군. 내 이름은 반조다."

"반조?"

과거의 생에서도 들어 본 적 없는 이름.

그렇지만 지금 이 상황에 군이 자신이 먼저 이름을 밝히면서 거짓말을 할 이유는 없어 보였다. 그렇다면 그것이 진짜 저 사내의 이름이라는 것은 맞는 것 같은데…….

천무진이 표정을 찌푸린 채로 말을 이었다.

"이해가 안 가는군."

"뭐가?"

"이런 식으로 경고를 할 거면…… 차라리 죽이는 게 맞지 않나? 왜 군이 날 살려 두고 이런 경고를 하는 거지?"

"당연하지, 널 죽여선 안 되니까."

"날 죽여선 안 된다고?"

"그럼, 넌 절대 죽어선 안 되지. 넌 우리한테 아주 많이 필요한 사람이거든."

의미를 알 수 없는 말이었다.

저번 생에서라면 모를까, 이번 생에서 자신은 그들의 일을 방해하는 골칫거리에 불과하다. 그런 자신이 필요한 사람이라니?

선뜻 이해가 가지 않았다.

그랬기에 천무진이 물었다.

"그게 무슨 의미지?"

"안타깝게도 그건 자세히 말해 줄 수 없는 부분이네. 그냥 내 말을 곧이곧대로 들으면 돼. 넌 우리에게 필요한 사람이고, 그래서 죽이지 않는 거라고. 그러니까 너무 설치고 다니지 마. 이건 어르신의 경고니 새겨들으라고. 그분은…… 아주 무서운 사람이거든."

"그래서 지금까지 한 말이 네가 할 수 있는 전부다, 이건가?"

"응, 할 말도 전했으니 내 용무는 여기서 끝이군."

말을 마치고 반조가 자리에서 일어났다.

이미 배는 물줄기를 따라 움직여서 강까지 흘러들어 와 있는 상황.

아직 주변에 여러 척의 배들이 있긴 했지만 거리들은 제법 떨어져 있었다.

일어서며 주변을 슬쩍 둘러보는 반조를 향해 천무진이

입을 열었다.

"네 용무는 끝났을지 몰라도…… 내 용무는 이제부터 시작이다."

말과 함께 천무진이 몸을 일으켜 세웠다.

그런 그를 곁눈질로 힐끔 살핀 반조가 말했다.

"어쩌려고 그래. 방금 말했던 경고를 벌써 잊은 건가? 얌전히 있으라니까 그러네."

"애초부터 너도 내가 그냥 보내 줄 거라고 생각하지는 않았을 거 아냐."

"……물론 그렇긴 한데."

말과 함께 반조가 씩 웃어 보였다.

그를 향해 천무진이 나지막이 중얼거렸다.

"간다."

팍.

자그마한 나룻배 위에서 천무진의 몸이 쏜살같이 움직였다.

그의 주먹이 빠르게 반조에게로 날아들었다.

그리고 반조는 기다렸다는 듯 손바닥을 펼쳐 날아드는 천무진의 주먹을 받아 냈다.

두 개의 손이 마주치는 그 찰나, 커다란 힘이 주변으로 퍼져 나갔다.

파악!

나룻배를 중심으로 하여 사방으로 물줄기들이 파도처럼 치솟아 올랐다. 강물이 아래에서부터 위로 치솟아 오르며 순간적으로 비어 버린 강바닥 쪽으로 나룻배가 빨려 들어갔다.

두 절대고수의 충돌에 강줄기가 미친 듯 요동쳤다.

거리가 멀리 떨어져 있던 배들조차도 그 영향을 피하지 못해 사방으로 밀려 나갔고, 곧이어 치솟았던 물이 두 사람이 타고 있는 나룻배를 집어삼켰다.

쾅!

치솟았던 물줄기가 얼마나 많았는지 마치 소용돌이 속으로 빨려 들어가듯 강바닥 아래로 끌려가던 나룻배가 곧바로 충격으로 박살이 나 버렸다.

배가 박살이 나는 것과 동시에 손바닥을 마주하고 있던 천무진과 반조의 몸이 위로 튕겨져 올랐다.

파바박!

하늘부터 집어삼키는 물줄기 속에서도 두 사람의 손이 쉬지 않고 움직였다.

서로를 향해 날아드는 날카롭고 매서운 공격들이 그 짧은 찰나에 수십여 합을 넘었다.

그리고 이내 하늘로 솟구쳤던 물줄기가 비어 버렸던 공

간을 모두 채우는 순간 두 사람의 신형이 물속에서 치솟아 올랐다.

타악. 탁.

두 사람은 물 위에 떠 있는 나룻배의 파편에 가볍게 올라섰다.

그렇게 각자의 자리에 선 채로 천무진과 반조는 상대방을 응시했다.

반조가 젖어 버린 머리카락을 가볍게 위로 쓸어 올리며 죽는소리를 내뱉었다.

"이 옷 꽤나 비싼 건데 결국 망쳐 버렸네."

말을 하면서 그는 슬쩍 자신의 손바닥을 바라봤다. 처음 일격을 주고받았을 때 느꼈던 그 묵직한 힘.

자신도 모르게 입가가 씰룩였다.

'재미있네.'

십천야의 일원으로 어둠 속에서 살아가는 반조.

많은 이들과 싸워 봤지만, 눈앞에 있는 천무진이라는 사내는 참으로 재미있는 상대가 아닐 수 없었다.

수십여 합을 터트리는 그 와중에 느껴졌던 박력이 아직도 느껴진다. 순간적으로 손속을 겨룬 상황이기도 했고, 쏟아지는 물줄기에 집어삼켜지기 전이라는 특이성 때문에 내공 또한 폭발적으로 쏟아 내지 못한 대결이었다.

그럼에도 불구하고 이 정도라니…….

마음 같아서는 이 자리에서 조금 더 싸워 보고 싶은 개인적 욕망이 들끓었다.

하지만 아쉽게도 그럴 순 없었다.

반조가 입을 열었다.

"여기까지 하지."

"무슨 개소리야. 난 아직 시작도 안 했는데."

"아쉽게도 난 너와 제대로 싸워 줄 수 있는 상황이 아니거든. 아까도 말했다시피 나는 널 죽여선 안 되잖아. 하지만…… 죽이지 않으려고 하면서 싸워서는 널 이길 순 없으니까."

반조는 인정했다.

이 사내는 자신이 전력을 다하지 않고서는 결코 이길 수 없는 상대라는 것을.

천룡의 후예라기에 궁금하기도 했었다.

그리고 이제는 알 것 같았다. 왜 어르신이 그토록 천룡을 두려워하시는지를.

아직 미완성인 천무진조차도 이런 강렬함을 뿜어 대고 있는데, 이런 자가 진정한 천룡이 되어 버린다면 그때는 과연 얼마나 더 강해져 있을까.

단계가 올라갈수록 비견할 수조차 없이 강해진다는 천룡

성의 무공이니 아마도 지금과는 완전히 다른 존재가 되어 있을 게다.

천무진이 반조의 말에 싸늘하게 대답했다.

"그건 네 사정이고. 난 널 잡아서 어떻게든 내가 궁금한 것에 대해 들어야겠다."

예상대로 절대 이 기회를 놓치지 않겠다는 듯 이를 드러 내는 천무진의 모습에 반조가 의미심장한 말을 꺼냈다.

"내가 왜 배에서 널 만났을까?"

천무진을 만날 수 있는 장소는 많았다.

그런데 굳이 배를 빌려서 그를 강으로 유인했다.

그토록 번거로운 일을 한 건 천무진과 분위기 좋은 술자 리를 가지고 싶어서가 아니었다.

촤르르륵.

순간 반조가 준비해 둔 뭔가를 손가락 사이사이에 끼워 넣었다.

그것은 새카만 구슬 모양을 한 정체 모를 물건이었다.

십여 개의 구슬을 손가락 사이에다가 끼워 넣은 그가 말 을 이었다.

"물 위에서라면 도망칠 자신이 있어서지."

말과 함께 반조가 빠르게 오른손을 흔들었다. 그러자 손 가락 사이에 끼워져 있던 구슬들이 사방으로 날아가 물속에 빠졌다.

구슬이 모습을 감추기 무섭게 물 위로 하얀 안개가 마치 구름처럼 피어올랐다.

가까운 거리에 있는 것도 살펴보기 힘들 정도로 짙은 안개였다.

천무진이 피어오르는 안개를 보며 막 반응하려는 찰나, 그 속에서 반조의 목소리가 들려왔다.

"기회가 된다면…… 다시 한 번 만나고 싶군. 어르신의 경고 새겨듣고. 그럼 잘 지내라고, 천룡의 후예."

"가긴 어딜 가!"

버럭 소리를 지르며 천무진이 밟고 있던 나룻배의 조각을 박찼다.

다른 곳으로 확 하고 날아오르는 그 순간 안개 속에서 반조가 왼손을 휘둘렀다.

마찬가지로 물속으로 날아든 정체 모를 구슬들.

이번에는 아까와 달리 폭발이 일기 시작했다.

콰콰쾅!

물줄기들이 사방으로 솟구쳤고, 이내 그건 안개와 함께 천무진을 방해했다. 순식간에 방금 전 반조가 있던 부근의 나무 파편 위에 착지했지만, 이미 그곳엔 아무도 없었다.

그리고 연달아 물이 터져 나갔다.

사방에서 솟구치는 물줄기, 그리고 앞을 분간하기 힘들게 만드는 안개까지.

순간적으로 사라진 반조의 기척을 감지해 내는 건 불가능했다.

물줄기들이 터져 나오며 다시금 파도가 일듯 주변의 물들이 출렁였다. 천무진은 그 와중에서도 가볍게 몸을 움직이며 물 위에서 버티고 서 있었다.

이윽고 안개가 서서히 걷혔을 무렵…….

천무진이 나룻배의 파편 중 하나에 올라선 채 가만히 물위에 떠 있었다.

그는 분한 듯 이를 악문 채로 하늘을 올려다보고 있었다.

아직까지 출렁이는 물길 때문에 천무진의 몸은 당장이라도 물속에 빠질 것처럼 흔들렸다.

그렇지만 막상 나뭇조각 위에 서 있는 그는 마치 땅 위에 서 있는 것처럼 안정적이었다.

꽉 다문 잇새로 천무진의 목소리가 새어 나왔다.

"망할…….."

자신의 할 말만 하고 사라진 반조라는 사내.

완벽하게 준비해 둔 움직임 때문에 천무진은 그를 놓칠수밖에 없었다. 안개와 물줄기를 이용해 시야와 움직임을 방해했고, 거기다 그런 고수가 기척까지 죽였다.

천무진이라고 해도 쉽사리 쫓기 어려운 건 당연했다. 거기다 땅도 아닌 강 위에서 도주를 했으니 흔적 또한 남지 않았다.

시야에서 사라진 그가 어디로 도망쳤는지는 가늠할 수조차 없었다.

반조가 사라지고 혼자 남게 된 천무진의 머리는 복잡했다. 그들이 먼저 이런 식으로 자신을 찾아올 거라고는 생각지도 못한 일이었다.

하지만 이번 일로 인해 확실하게 알게 된 것들이 있다. 찾고 있던 그들이 이미 자신의 존재를 알고 있었다는 것.

모습을 최대한 감춘 채 움직이고 있었거늘 이미 그들은 천무진의 움직임을 모두 파악하고 있었다.

사실 이 부분도 의아하긴 했지만 조금만 생각을 해 보면 결론이 나왔다.

자신이 무림에 나온 지 그리 긴 시간이 흐르지 않았다. 그 시간 동안 자신에 대해 이미 파악하고, 또 천룡성과 관련되었다는 정체까지 알아내는 건 사실 불가능한 일이다.

그럼에도 불구하고 그게 가능했다면, 의심할 수 있는 경우의 수는 하나.

그들은 자신이 아닌 천룡성을 감시하고 있었다는 것이다. 그렇다면 자신의 움직임을 파악해 내고, 또한 천룡성과 관련된 자라는 걸 순식간에 알아내는 것 또한 말이 되었으니까.

자신의 정체를 파악하고 있는 것에 대한 의문은 어느 정도 추측이 가능했지만…… 해결할 수 없는 의문이 남아 있었다.

대체 어떻게 자신이 과거로 돌아온 사실을 알고 있는 것일까?

그 사실이 천무진의 머리를 아프게 만들었다.

여전히 나뭇조각 위에 선 채, 천무진은 방금 전 사라진 반조가 남긴 어르신이 전하라고 한 말을 곱씹었다.

"변하는 건 없다고?"

어쩌면 그럴지도 모른다.

자신이 이렇게 날뛰어도 과거와 똑같은 삶을 살게 될 수도 있는 일이니까.

허나 최소한 아무것도 변하는 게 없을 거라는 그 말은 틀렸다.

이미 한 가지가 변했으니까.

천무진이 고개를 들어 어두운 강 저 너머를 응시했다. 그가 천천히 입을 열었다.

"……과거의 너희들은 이런 식으로 날 찾아오지 않았었다."

그들은 모르고 있겠지만 이미 미래는 변하고 있었다.

그것이 아주 조금씩일지라도.

＊　　　＊　　　＊

백아린과 한천이 탄 마차는 쉼 없이 움직이고 있었다.

두 사람은 현재 적화신루 총회에 참석하기 위해 사천을 벗어나, 섬서에 들어서 있는 상황이었다.

경공을 펼치며 달리다, 마차를 타고 이동하기를 반복하는 꽤나 빡빡한 일정이었다.

한천이 다리를 두드리며 죽는소리를 해 댔다.

"아이고, 삭신이야."

"얼마나 달렸다고 그렇게 죽는소리야."

"대장도 제 나이 되어 보십쇼. 그런 말이 나오나."

"자기도 청춘이라고 할 때는 언제고……."

"험험."

생각지도 못한 백아린의 반박에 허를 찔렸는지 한천이 헛기침을 해 대기 시작했다. 딴청을 부리던 그가 말을 돌렸다.

"그나저나 총회는 오랜만이군요."

적화신루는 일 년에 적게는 두 번, 많게는 네 번의 대대적인 총회가 있다.

특별한 이유가 있지 않고서는 모두가 참석해야 해서, 총관급인 백아린 또한 빠지지 않고 자리에 나가고 있었다.

총회의 장소는 자주 변했는데, 이번엔 섬서성 녕강(寧强) 쪽에 자리가 마련됐다. 섬서성이긴 하지만 사천성과 밀접한 지역이기에 백아린의 입장에서는 그나마 오고 가는 것이 수월했다.

허나 총회를 향하는 백아린의 표정은 그리 좋지 못했다.

며칠의 시간이 낭비되는 것도 그리 내키진 않았지만, 그보다 더 큰 이유가 있었다.

그녀가 중얼거렸다.

"에휴, 보기 싫은 얼굴들이 벌써부터 아른거리네."

백아린이 총회에 참석하는 걸 탐탁지 않게 여기는 건 그리 유쾌하지 않은 몇몇 이들 때문이었다. 그렇지만 총회에 참석하는 건 의무였고, 굳이 분란을 만들 이유가 없었기에 백아린 또한 최대한 참으며 마찰을 피해 왔다.

마차를 타고 달리던 와중에 백아린이 슬쩍 바깥을 내다봤다.

어느덧 해가 뉘엿뉘엿 사라지는 것이 조금 있으면 밤이 찾아올 모양이다.

옆에 놓아둔 봇짐에 한천이 아무렇지 않게 손을 가져다 댔다.

그러고는 안에 들어 있는 말린 고기를 꺼내며 말했다.

"식사하시죠, 대장."

"됐어."

"아무리 보기 싫은 얼굴이 떠올라서 입맛이 없으셔도 식사는 하셔야죠."

"그게 아니고 인근 마을에서 하루 쉬었다가 갈 생각이니까 식사는 거기서 하자고."

"엥? 쉬고 가신다고요? 죽어라 달리면 새벽에는 도착할 수 있을 것 같은데요?"

한천이 이해가 안 간다는 듯 되물었다.

평소 빠릿빠릿한 성격 탓에 절대 미적거리지 않는 그녀였기 때문이다.

밤새워 달리면 새벽에는 충분히 도착할 정도로 가까운 거리이거늘 굳이 객잔에서 하루를 쉬고 가려는 백아린의 행동이 평소의 그녀와는 너무도 다르게 느껴졌다.

그의 질문에 백아린이 답했다.

"어차피 총회는 내일 밤이잖아. 굳이 먼저 가서 그 보기 싫은 얼굴들을 보고 있을 필요는 없지."

"아……."

그제야 한천은 이해가 된다는 듯 고개를 끄덕였다.

그는 잘됐다는 듯 방금 전까지 손에 쥐고 있던 말린 고기들을 보따리 안에 쑤셔 박았다. 그러고는 이내 싱글벙글 웃는 얼굴로 말을 이었다.

"그 꼴 보기 싫은 놈들한테 고마울 때가 다 있네요."

"너무 좋아하지 마. 그래도 술은 안 되니까."

"에엑? 이왕 하루 쉬는 건데요?"

"내일 총회에 또 술 냄새 풀풀 풍기면서 들어갈 거야?"

"에이, 그게 언제 적 이야긴데 아직도……."

말을 하던 한천은 자신을 쏘아보는 백아린의 시선을 피해 슬그머니 시선을 창밖으로 돌렸다. 오래전에 밤새 술을 마시고 총회에 참석했던 전적이 있었기에 결국 그는 입을 닫을 수밖에 없었다.

그렇게 계속해서 달리던 마차는 간신히 해가 사라지기 직전에 인근 마을에 들어설 수 있었다.

마을은 그리 크지 않았지만 그래도 관도를 잇는 길목과 가까운 곳이었기에 외부에서 온 듯한 여행객들이 꽤나 많았다. 백아린은 한 객잔에 이르러 마차에서 내려섰다.

그녀가 한천에게 말했다.

"우선 부총관이 들어가서 방 두 개랑 식사 좀 준비시켜 둬. 난 마차를 다른 장소에 두고 곧바로 따라 들어갈 테니까."

"알겠습니다, 대장."

은근슬쩍 미리 술을 시켜 둘 생각에 한천이 서둘러 객잔 안으로 뛰어 들어갔고, 백아린은 이내 마차를 뒤편으로 이동시키고는 객잔 입구로 다가갔다.

문을 밀면서 안으로 들어선 백아린이 얼굴을 가리는 휘장을 손으로 가볍게 젖혔다.

그렇게 안으로 성큼 들어선 그녀는 한천을 찾기 위해 시선을 돌렸다.

그런데…….

움찔.

한천을 발견함과 동시에, 그의 옆에 앉아 있는 누군가를 발견할 수 있었다. 그리고 그녀를 확인하는 순간 백아린은 멈칫했다.

삼십 대 중후반 정도로 보이는 여인은 무척이나 화려한 복식의 소유자였다.

새하얗게 화장을 한 얼굴과 그랬기에 더욱 도드라지는 붉게 물들인 입술까지.

긴 머리카락을 반쯤 올리고, 나머지 반 정도는 부드럽게 어깨로 내린 여인에게서는 아찔한 색기가 흘러넘쳤다.

그 여인은 백아린 또한 잘 아는 인물이었다.

'아, 이런.'

들어오는 것과 비교도 안 될 정도로 빠르게 몸을 돌리며 바깥으로 나가려는 그 찰나.

"어머, 이게 누구야."

들리는 목소리에 백아린은 걸음을 멈춰야만 했다.

애초에 한천과 함께 있는데 자신이 올 거라는 걸 몰랐을
리가 없다.

뒤편에서 자신을 향해 다가오는 발걸음 소리가 들려왔
다. 백아린은 애써 모르는 척 고개를 돌리고는 이내 놀란
듯 눈을 크게 떴다.

마치 이제야 봤다는 듯이 말이다.

다가온 여인이 웃으며 말했다.

"여기서 다 만나네요?"

친근하게 말을 걸어오는 상대를 보며 백아린 또한 얼굴
에 미소를 지었다.

"그러게요. 여기서 만나 뵙게 될 줄은 몰랐군요."

여인의 정체는 다름 아닌 적화신루의 총관 중 하나인 어
교연(魚嬌燕)이라는 인물이었다.

백아린이 개인적으로 가장 피하고 싶었던 인물이 바로
이 여인이었다.

굳이 하루 먼저 만나고 싶지 않아 이곳 객잔에서 머물기
로 한 것인데, 우습게도 그 당사자를 이곳에서 조우하게 된
것이다.

어교연이 몸을 비틀며 슬쩍 떠보듯 말을 흘렸다.

"절 보고 몸을 돌려서 나가려고 하시는 것 같던데……."

알면서도 물어 오는 그녀를 향해 백아린은 전혀 동요 없이 받아쳤다.

"그럴 리가요. 마차에 놓고 온 게 생각나서 가지러 가려 한 거예요."

"아, 그래요?"

"그런데 저희 부총관이 왜 거기에 있죠?"

"들어오다가 저랑 시선이 딱 마주쳤지 뭐예요. 호호, 부총관도 꼭 총관님처럼 마차에 뭘 놓고 왔는지 몸을 황급히 돌리시던데……."

말을 하며 재미있다는 듯 어교연이 웃음을 흘렸다.

백아린이 침착하게 대답했다.

"뒷간이 급하다고 하던데 그거 때문이겠죠. 말이 나온 김에 잠시 나갔다가 와도 될까요?"

"그럼요."

"부총관!"

백아린이 어서 오라는 듯 자리에 앉아 있는 한천에게 손 짓했다. 그러자 그가 서둘러 자리에서 일어나더니 이내 백아린을 향해 달려왔다.

한천이 어교연을 향해 합장을 하듯 손을 모아 들어 올리며 짧게 말했다.

"그럼 전 대변이 마려워서 이만."

더러운 이야기를 아무렇지 않게 내뱉는 그를 보며 어교연이 미간을 구기며 뒷걸음질 쳤다.

이윽고 나가기 위해 문을 밀어내는 두 사람의 뒷모습을 바라보던 어교연의 눈빛에는 싸늘함이 감돌았다.

'건방지긴.'

예전부터 저 둘 모두를 싫어하는 그녀다.

특히나 어교연은 백아린을 무척이나 견제하고 미워했는데, 자신이 그녀에게 적화신루 내에서 많은 걸 빼앗기고 있다 여겼기 때문이다.

이번 일도 그랬다.

천룡성과 관련된 의뢰.

그걸 적화신루의 루주는 백아린에게 전적으로 일임했다.

세상에 모습을 드러내지 않는 그들과 끈이 생긴다는 건 정보 단체의 인물로서 그 어떠한 것과도 비견할 수 없을 정도로 매력적인 일이었다.

그들은 강호에서 벌어지는 모든 일들을 조절할 수 있는 절대자였으니까.

당연히 어교연은 그 일에 욕심을 가졌다.

백아린에게 임무가 내려졌다는 사실을 알면서도 몇 차례 고 루주에게 자신이 더 적임자라며 하고 싶다는 뜻을 내비 쳤지만, 대답은 언제나 거절이었다.

'루주가 아낀다 해서 세상이 모두 네 것 같더냐, 백아 린.'

보이지 않는 적화신루 내부에서의 암투.

결국 두 사람 중 하나만이 적화신루에 남을 수 있다. 어 교연은 그리 생각했다.

그리고 그 승자는 자신일 거라고도.

'내가 이길 거야. 그리고 너희 둘 모두…… 적화신루에 발도 붙이지 못하도록 만들어 주지.'

어교연의 눈동자에는 독기가 가득했다.

객잔을 빠져나와 제법 떨어진 곳에 이르러서야 백아린이 입을 열었다.

"아니, 저 여자가 왜 여기 있어?"

"그러게 말입니다. 어 총관을 피하려고 왔는데 하필 그 객잔에 당사자가 있을 줄은 몰랐습니다."

식겁했다는 듯 한천이 가슴을 쓸어내리며 말했다.

그런 그를 향해 백아린이 불만을 쏟아 냈다.

"대체 어쩌다가 걸린 거야?"

"뭐 피할 기회도 없었습니다. 문을 열고 들어서는데 곧바로 정면에서 눈이 마주쳤거든요."

"아니, 그러면 그냥 아는 척 인사라도 하던가. 왜 거기서 눈을 마주치고 그냥 몸을 획 돌리셨대?"

"그거야 본능적으로 거부 반응이 일어나서…… 하하!"

어색하게 웃는 한천을 보며 고개를 절레절레 젓는 백아린이었지만, 한편으로는 그 마음이 이해가 가기도 했다. 평상시 자신들을 어떻게든 깎아내리려 기를 쓰는 그녀가 아니었던가.

백아린을 적이라 여기는지 계속해서 흠집을 내려 달려들고는 있었지만 사실 그녀는 어교연이라는 인물에게 별 관심이 없었다.

그저 마주치기 짜증 나는 상대 정도로만 여길 뿐.

백아린이 말했다.

"그런데 어떻게 하지? 이렇게 만났는데 그냥 도망칠 순 없잖아."

"아무래도 그러기는 좀……."

"식사만 하고 갈까? 소면 같은 걸로 간단하게 때우면 시간도 얼마 안 걸릴 테고 말이야. 지나가는 길에 식사를 하러 들린 거라고 둘러대면 되니까. 식사 정도는 같이하고 가도 뭐 크게 트집 잡을 만한 건……."

말을 하던 백아린의 말소리가 점점 잦아들었다.

그건 눈앞에 있는 한천이 이상하게 눈치를 보며 딴청을 부려 대기 시작해서였다.

그녀가 말을 이었다.

"뭔데?"

"예? 뭐가요?"

"부총관 뭐 또 사고 쳤잖아. 빨리 말해."

백아린의 재촉에 한천이 눈치를 살피다 대답했다.

"저희가 여기서 자고 가려는 걸 알고 있습니다."

"그걸 저 여자가 어떻게 알아?"

"그게…… 제가 들어가면서 말했거든요."

대답을 들은 백아린이 손바닥으로 얼굴을 감싸 안았다. 깊은 한숨을 내쉬는 그녀를 향해 한천이 서둘러 변명을 해 대기 시작했다.

"제가 안에 어 총관이 있을 줄 알았겠습니까? 전 대장이 시키시는 대로 방과 식사를 주문하려고 한 것뿐이라고요."

"대체 어떻게 했는데?"

"음. 그냥 들어가면서 곧바로 점소이를 향해 잠 잘 방이랑 술 내놓으라고 소리를 좀……."

"하아. 범인이 여기 있었네."

"버, 범인이라뇨?"

"그렇게 소리를 질러 대면서 들어갔는데 못 알아보면 바보 아냐? 나 여기 있소, 하면서 들어갔으니 그 여자가 부총관을 곧바로 알아보지. 그리고 내가 분명히 술은 안 된다고 했던 것 같은데?"

"하, 하하. 딱 한 병만 마시려고 했습니다. 한 병이요."

어수룩하게 웃는 한천을 보며 백아린은 한숨을 내쉬었다. 그녀 또한 더는 이 일이 벌어진 것에 대한 책임을 묻기보다는 방법을 찾는 게 낫겠다고 생각했다.

그녀가 말했다.

"이제 남은 방법은 하나야."

"그게 뭡니까?"

백아린에게 가까이 다가서며 한천이 귀를 쫑긋 세웠다.

그러자 그녀가 답했다.

"객잔에 방이 꽉 차 있게 만드는 거야. 그러면 우리는 여기서 못 잘 거 아냐. 그 핑계를 대고 식사만 하고 스리슬쩍 나가는 거지."

"오! 역시 우리 대장, 묘책이십니다."

박수를 쳐 대며 평소보다 더욱 격하게 호응하는 한천의 모습에 백아린이 피식 웃었다.

괜히 찔리는 것이 있어서 이처럼 행동한다는 걸 잘 알고 있었기 때문이다.

한천이 이내 말을 이었다.

"그럼 어떤 식으로 그렇게 만들까요? 사람들을 좀 불러와서 객잔에 미리 투숙객으로 만들면 될 것 같은데요."

"그래도 되긴 한데 시간도 좀 걸리고 번잡스러우니 객잔 점소이만 포섭하는 걸로 가자고. 방이 있냐고 물어보면서 전음을 날리는 거지. 돈은 두 배로 지불할 테니까 빈방이 없다고 해 달라고 말이야."

"괜찮은 계획이군요. 그럼 곧바로 실행할까요?"

"그러자고. 시간 너무 끌면 또 그 특유의 화법으로 사람들들 볶아 댈 테니까."

어교연과 길게 이야기를 섞고 싶지 않았기에 작전을 준비하기 무섭게 백아린은 한천과 함께 객잔으로 돌아왔다.

그러자 자리에 앉아 있던 어교연이 다시금 일어나 두 사람에게로 다가왔다. 기다렸다는 듯 백아린이 점소이를 향해 입을 열었다.

"방 두 개 남는 게 있나요?"

말을 하는 것과 동시에 예정대로 막 전음을 날리려는 그 찰나였다.

옆에서 어교연의 목소리가 들려왔다.

"있더라고요. 제가 나가시고 미리 방을 잡아 뒀죠."

"……."

백아린은 움찔하며 전음 보내는 걸 멈췄다.

이 핑계를 대고 어떻게든 객잔을 빠르게 빠져나가려 했는데…… 하필이면 이미 어교연이 방을 잡아 뒀다고 하니 더는 빠져나갈 길이 보이지 않았다.

어교연이 웃으며 말을 건넸다.

"오랜만에 하루 같이 보내게 됐는데 좋은 시간 한번 보내 봐요."

이 모든 일의 원흉인 한천을 슬쩍 노려보며 백아린이 답했다.

"그러죠."

2장. 적화신루 —
루주님을 뵙습니다

억지로 어교연과 함께하게 된 식사 자리.

유쾌하지 않은 식사 자리였기에 한천은 평소와 달리 빠르게 음식을 입 안에 털어 넣고 있었다.

그런 그를 향해 어교연이 말했다.

"누가 뺏어 먹는 것도 아닌데 뭐가 그리 급해. 내가 술도 한잔 살 테니 좀 마시고."

말을 끝냄과 동시에 어교연은 술을 주문하려는지 손을 들어 올렸다. 하지만 그런 그녀를 향해 한천이 빠르게 대답했다.

"아뇨, 저 술 끊었습니다."

"그래? 분명히 아까 전에 들어오면서 술 달라고 소리를 쳐 댔던 것 같은데……."

"그거야 저희 대장 몰래 한잔하려고 했던 건데 이렇게 들켜 버렸으니 이제는 무리죠."

"백 총관이 꽤나 쥐고 흔드나 봐? 그래도 나이는 부총관이 훨씬 많은데 말이야. 한참 어린 상관 말에 곧이곧대로 따라야 하니 기분이 좀 그렇겠어."

백아린을 바라보며 농담처럼 내뱉고 있지만, 한천은 그녀가 하고자 하는 말의 의미를 잘 알고 있었다. 은근슬쩍 백아린을 폄하하며 그녀를 건방지다고 생각하는 자신의 생각에 동조하게끔 만들려는 거다.

한천이 곧바로 실실 웃으며 대답했다.

"저희 대장 능력이 워낙 출중하신 걸 어쩝니까. 당연히 모자란 제가 따라야죠. 위로해 주시는 말씀은 감사하지만, 저도 나름 지낼 만합니다. 저희 대장이 그래도 저한테 이 새끼 저 새끼 하시는 분은 아니시라서요."

웃으며 내뱉는 그의 말에 어교연은 순간적으로 표정 관리가 힘들어졌다.

어교연 또한 적화신루의 총관 중 한 명이었기에 휘하에는 부총관이 있었고, 그자 또한 그녀보다 나이가 많았다.

그런 그에게 어교연은 종종 거친 욕설을 내뱉기도 했다.

그리고 지금 한천은 은근히 그 부분을 끄집어내며 어교연을 뭉개 버린 것이다.

화가 치솟았지만 여기서 기분 나쁜 티를 낸다면 오히려 자신만 우습게 되는 상황.

어교연은 속으로 이를 갈 수밖에 없었다.

'끼리끼리 모인다더니 정말 맘에 안 드는 조합이야.'

백아린이나 수하인 한천이나 화려한 언변으로 사람의 속을 뒤집는 신기한 재주가 있었다. 거기다가 적화신루의 루주가 두 사람을 무척이나 애지중지하니 함부로 대하기도 어려워, 어교연으로서는 둘이 눈엣가시일 수밖에 없었다.

순간적으로 얼굴이 붉으락푸르락하게 변하며 애써 화를 참고 있는 어교연을 보자니 백아린은 자신도 모르게 피식 웃음이 흘러나왔다.

어교연은 왈칵 치솟은 짜증을 다른 쪽으로 돌렸다.

그녀가 고개를 틀어 객잔의 입구를 바라보며 입을 열었다.

"대체 나간 게 언젠데 아직까지 안 오는 거야? 하여튼 느려 터져 가지고선."

"누구요? 경 부총관님이요?"

"네, 아까 전에 뭐 하나 시킨 게 있는데 뭘 하는지 올 생각을 안 하네요. 슬슬 올 때가 지난 것 같은데."

백아린의 질문에 고개를 끄덕이며 어교연이 중얼거렸다.

그 순간 기다렸다는 듯이 객잔 문이 벌컥 열리며 오가던 이야기의 당사자인 경패(京敗)라는 중년 사내가 들어섰다.

사십 대 중반 정도 되는 나이에 덩치도 제법 크고, 얼굴에서는 거친 야성미가 풀풀 풍겼다. 흡사 녹림도를 연상케 하는 막 다듬은 수염과 떡 벌어진 어깨는 그의 성격을 말해주는 것만 같았다.

눈을 부라리며 안으로 성큼 들어서던 경패를 향해 어교연이 손을 들어 올렸다.

"여기야."

눈을 크게 치켜뜨며 주변을 두리번거리던 경패는 어교연의 목소리를 듣고는 그쪽을 향해 고개를 돌리다가 움찔했다.

그의 시선이 한천에게 박혀 있었다.

'하, 한천?'

오랜 시간 적화신루에 몸담아 온 경패니 두 사람을 모를 리가 없음에도 불구하고 그는 무척이나 놀라는 눈치였다.

그가 한천을 발견하고 이토록 긴장하는 건 오래전에 있었던 남들은 모르는 둘 사이의 일 때문이었다.

거친 호랑이처럼 객잔 안으로 들어섰던 그가 한천을 발견하는 순간 비 맞은 개처럼 처량한 모습으로 몸을 움츠렸다.

그런 그를 향해 어교연이 답답하다는 듯 말을 이었다.

"뭐 해? 내가 불렀잖아! 하여튼 덩치가 곰 같아서 그런가, 왜 이렇게 미적거려?"

다른 이들도 아닌 백아린과 한천의 앞에서 자신의 수하가 저처럼 어수룩한 모습을 보이자 어교연은 괜스레 더 짜증이 났다.

화들짝 놀란 경패가 세 사람이 자리한 탁자로 다가갔다.

그가 긴장한 듯 마른침을 꿀꺽 삼키며 입을 열었다.

"……다녀왔습니다, 총관님."

"전하라는 건 제대로 전했어?"

"예, 시간은 조금 걸릴 것 같지만 잘 처리해 보겠다고 전해 달라 하십니다."

"참내, 매일 그 소리라니까. 하여튼 요새 일 처리하는 걸 보고 있자면 답답해 죽겠네. 최근 들어 본 루 중간책들의 일하는 모양새가 영 별로예요. 그렇지 않아요, 백 총관?"

"그런가요? 전 잘 모르겠네요. 그나저나 오랜만에 뵙네요, 경 부총관님?"

"예, 두 분 모두 한 반년 만에 뵈는 것 같습니다."

말과 함께 경패가 공손하니 포권을 취하며 두 사람에게 예를 취했다. 그런 그의 모습에 어교연은 눈살을 찌푸렸다.

한천이 자신에게 하는 것에 비해 경패의 행동이 훨씬 더 예의가 발랐으니까. 마치 자신이 백아린의 아랫사람이라도 된 것 같은 기분이었다.

몇 번이고 이에 대해 경고를 했지만…… 다른 말은 다 듣는 그가 이것만큼은 이상할 정도로 귓등으로 넘긴다는 생각이 들었다.

물론 경패가 처음부터 두 사람에게 공손했던 건 분명 아니었다.

오히려 처음엔 윗사람인 백아린에게조차 적당한 선 안에서 툴툴거려서 나름 어교연의 마음을 충족시켜 줬었다.

그러던 그가 어느 날부터인지 갑자기 변했다.

'또 저러네. 예전엔 잘하더니만 대체 왜 저래?'

말을 해도 들어 처먹지를 않으니 그녀로서는 답답할 수밖에 없었다. 그렇지만 경패가 이렇게 변한 건 이유가 있었다.

바로 한천 때문이었다.

총관이 된 백아린에게까지 예의 없게 굴던 그였다. 그러던 어느 날 아무도 모르게 찾아온 한천이 정말 비 오는 날 먼지가 난다는 것이 뭔지 알게 될 정도로 그를 두들겨 팼던 것이다.

부끄러워서 어디 가서 말은 못 했지만, 당시에 경패는 정말 죽기 직전까지 맞았고, 손이 발이 되도록 빌었었다.

그 경험 때문일까? 시간이 꽤 지났음에도 불구하고 한천만 보면 괜히 오금이 저렸고, 머리털이 곤두서는 것이 느껴졌다.

백아린에게 예의를 차리는 걸 확인한 후에야 한천이 의미심장한 웃음과 함께 경패를 향해 손을 들어 올렸다.

"여, 오랜만."

"자, 잘 지내셨소?"

"말 놓으라니까 그러네. 우리 나이도 비슷하잖아?"

자리에서 벌떡 일어난 한천이 경패의 어깨에 손을 두르며 친근하게 말을 걸어왔다. 곰처럼 큰 덩치의 경패가 어깨를 움츠리고는 어색하게 웃었다.

자신이라고 어찌 성격 더러운 어교연에게 욕을 들으면서까지 이처럼 한천에게 조심스럽고 싶겠는가. 허나 그날의 일로 인해 몸이 절로 움츠러드는 것은 어쩔 수가 없었다.

한천이 자리에서 일어난 걸 보고 백아린이 서둘러 말했다.

"식사 잘했어요. 시간이 늦었으니 저희는 이만 올라가서 쉬도록 하죠."

"조금 더 드시지 않고요."

"이미 많이 먹어서요. 먼 거리를 왔더니 조금 피곤하기도 하고요. 아, 그리고 저희는 내일 잠시 들를 곳이 있어서 가는 건 따로 해야 할 것 같네요."

백아린은 혹시나 적화신루로 갈 때도 함께하자는 말을 할까 봐 미리 선수를 쳤다.

자신들을 헐뜯을 기회만 노리는 어교연과 같이 자리하며 괜한 심력 소모를 하고 싶지는 않았기 때문이다.

백아린의 말에 어교연은 고개를 끄덕였다.

"그래요. 그럼 내일 회의장에서 뵙죠."

"그럼 이만."

말과 함께 백아린이 자리에서 일어났다.

그러자 옆에서 엉거주춤 서 있던 경패가 다시금 포권과 함께 고개를 깊숙이 숙였다.

"살펴 가십시오."

"네, 경 부총관도 식사 잘하시고요."

"예. 감사합니다."

고개를 숙이고 있는 경패를 지나쳐 간 두 사람은 곧장 객잔의 이 층으로 올라갔다.

그렇게 백아린과 한천이 사라지고도 그 자리에서 계속 예를 갖추고 서 있는 경패를 바라보던 어교연이 기가 막혔는지 소리를 내질렀다.

"야! 너 뭐 하니? 언제까지 그러고 있을래? 아주 충신 나셨네."

자신을 향한 그녀의 고함 소리를 듣고서야 경패가 엉거

주춤 고개를 들어 올리며 어색한 표정을 지어 보였다.

그가 조심스레 자리에 앉아 앞에 놓여 있는 만두를 집어 입에 가져다 댈 때였다. 그런 경패를 바라보며 어교연이 한심하다는 듯 입을 열었다.

"넌 지금 그게 목구멍으로 넘어가니?"

*　　　*　　　*

어교연과 동행을 하지 않기 위해 예정보다 반나절 가까이 빠르게 객잔을 나서야 했던 탓에 백아린과 한천은 예정에도 없던 관광을 해야만 했다.

마차를 타고 인근을 돌며 시간을 보내다가, 시간에 맞춰 적화신루의 총회가 열리는 장소를 향해 움직였다. 애초에 그리 멀지 않은 곳에서 대기하고 있었던 탓에 목적지에 도착하는 건 금방이었다.

마차가 도착한 곳은 금황상단(金皇商團)이라는 장소였다. 사천과 맞닿아 있고 지리적으로 꽤나 요충지에 자리하고 있어 중원에서 나름 이름을 알리고 있는 상단 중 하나였다.

평범한 상단으로 알려져 있는 금황상단.

하지만 사실 이곳은 적화신루의 비밀 세력 중 하나였다. 그리고 오늘의 총회가 열리는 곳이기도 했다.

금황상단의 입구에 이르러 마차가 점점 속도를 줄였다. 그러자 입구를 지키고 있던 무인 하나가 빠르게 마차로 다가왔다.

"어떤 용무로 오셨습니까?"

하루에 수백 명에서 많게는 천여 명이 오고 가는 큰 상단, 많은 이들이 오고 가는 만큼 출입하는 절차 또한 확실하게 잡혀 있었다.

물어 오는 상대를 향해 백아린이 마차의 창을 가리고 있는 휘장을 슬며시 걷었다. 그러고는 이내 바깥에 있는 자에게 말했다.

"우 노인을 뵈러 왔어요."

백아린이 지금 내뱉은 건 적화신루 총회에 참석한 이들만 알 수 있는 밀어(密語)였다. 밀어는 매번 모임 때마다 바뀌었기에 유출이 될 확률은 극히 적었다.

그리고 밀어와 함께 신분을 증명할 물건 또한 있어야 할 정도로 적화신루의 총회는 엄중한 관리 속에 이루어졌다.

백아린 또한 신분을 증명하기 위해 가지고 온 녹색의 장신구를 꺼내어 내밀었다.

슬쩍 장신구의 밑면을 확인한 무사가 이내 그걸 다시금 백아린을 향해 건네며 고개를 끄덕였다.

"모시겠습니다."

말과 함께 그가 뒤편에 있는 수하들을 향해 왼손을 움직였다.

그러자 안쪽에 있던 누군가가 나와 마차의 고삐를 잡고 안쪽으로 움직였고, 이내 어떠한 장소에 이르자 그가 멈춰 섰다.

"여기 내리셔서 따라오시면 됩니다."

말이 끝나기 무섭게 안에 자리하고 있던 백아린과 한천이 아래로 내려섰다. 마차와 마부는 그 자리에 남은 상황에서 백아린과 한천만이 앞장서는 사내의 뒤를 쫓았다.

그는 곧바로 옆에 있는 자그마한 길을 통해 어딘가를 향해 움직였다.

점점 좁아지는 길목.

그렇지만 총회에 오는 것에 익숙한 탓인지 두 사람은 이런 안내에 전혀 동요하지 않았다.

그렇게 한참을 움직여 마침내 도착한 장원의 입구.

입구에 선 사내가 옆으로 비켜서며 말했다.

"제 안내는 여기까지입니다. 여기서부터는 두 분만 들어가실 수 있으십니다."

"고마워요."

백아린이 짧게 말하고는 앞에 있는 문을 열며 성큼 안으로 들어섰다. 내부는 꽤나 한적해 보였지만 백아린과 한천 모두 알고 있었다.

곳곳에 몸을 감추고 있는 무인들이 있다는 사실을.

백아린이 슬쩍 뒤편에 선 한천을 바라보고는 입을 열었다.

"가자고, 부총관."

"그러시죠."

말을 끝낸 두 사람이 성큼성큼 정면에 위치한 큰 건물을 향해 움직였다. 장원 안에 있는 단 하나의 건물, 그곳이 바로 오늘의 목적지였다.

그렇게 앞으로 걸어가던 그녀가 건물의 입구에 이르러 발걸음을 멈췄다.

건물의 입구는 보통 거처로 보기 어려운 커다란 철문이 가로막고 있었다.

백아린이 기다렸다는 듯이 아까 전 입구에서 무인에게 확인시켜 줬던 녹색 장신구를 높게 치켜들며 아래쪽을 노출시켰다.

그곳에는 그녀의 직위인 사 총관을 뜻하는 사(四)라는 글자가 자그맣게 새겨져 있었다.

장신구를 확인시켜 주는 바로 그 순간 손도 대지 않았음에도 불구하고 입구를 막고 있던 철문이 자동으로 열렸다.

크르르릉.

묵직한 울림과 함께 밀려 나간 철문. 그리고 이내 안에 있는 이들의 모습이 하나둘씩 눈에 들어오기 시작했다.

안에는 먼저 이곳에 도착한 이들이 자리하고 있었다.

적화신루의 총관들과 부총관들, 그리고 그 외 몇몇의 핵심 인물들까지.

그들은 각자 양쪽으로 길게 도열해 있었고, 그 가운데 길에는 붉은 비단이 깔려 있었다.

그리고 그 비단이 끝나는 장소.

그곳에는 계단 두어 개 정도 높이의 단상이 있었고, 그 앞에는 붉은 휘장이 쳐져 있었다.

붉은 휘장으로 인해 보이지 않는 안쪽에서는 그저 그림자 하나만이 흔들렸다.

저 붉은 휘장 안에 있을 수 있는 건 오직 한 사람.

적화신루의 루주뿐이다.

성큼 안으로 걸어 들어선 백아린과 한천의 뒤로 열렸던 문이 다시금 소리를 내며 닫히고 있었다.

쿠웅.

열렸던 문이 닫히는 바로 그때 백아린과 한천이 한쪽 무릎을 땅에 가져다 대며 부복했다.

그녀가 입을 열었다.

"적화신루 사총관 백아린, 루주님을 뵙습니다."

*　　　*　　　*

　자신이 찾던 정체불명의 그들과 관련되었을 반조라는 사내를 놓친 이후 천무진은 결국 아무런 수확도 없이 거처로 돌아와야만 했다.

　인근을 샅샅이 뒤졌지만 사라진 반조의 흔적은 찾을 수 없었고, 결국 남은 건 깊은 고민뿐이었다.

　다른 건 다 어느 정도 이해할 수 있었다.

　허나 단 하나, 도저히 답을 찾을 수 없는 의문이 있었다.

　대체 그는 자신이 두 번째 삶을 살고 있다는 사실을 어떻게 안 것인가?

　자신이 찾는 무리의 일원인 반조라는 자의 입에서 나온 말이니 그들 또한 이 사실을 안다고 봐야 무방하다. 그게 어떻게 가능한 일인 걸까?

　변하고 있는 현재.

　하지만 과연 미래도 그럴까?

　자신이 두 번째 삶을 산다는 사실을 그들이 알고 있다면, 과거와는 다른 뭔가가 준비되어 있을지도 모를 노릇이다.

　현실적으로 있을 수 없는 일을 겪은 천무진이다.

　그런데 놀랍게도 상대들 또한 자신이 그 같은 경험을 했다는 사실을 알고 있다.

도대체 어떻게?

그 궁금증을 해결할 수 있는 방법은 하나였다.

여태까지의 목적처럼 그들을 찾아내는 수밖에.

백아린이 알려 준 적화신루의 다른 이를 통해 반조라는 인물을 찾아 달라는 의뢰는 이미 해 뒀다.

하지만 여태까지 봐 왔던 자들과는 차원이 달랐던 자다.

천무진이 찾는 그들 깊숙한 곳에 자리했을 반조라는 사내에 대해 알아내는 건 그리 간단치 않을 거라는 예상이 들었다.

'짜증이 나는군.'

계속해서 휘둘리고 있다는 사실이 못내 마음에 들지 않는다.

최소한 그들이 원하는 것이 뭔지라도 안다면 조금 더 상황이 나아질 법도 하련만, 아직까지 천무진이 아는 건 너무도 적었다.

하나하나 알아 가며 그들을 향해 다가가고 있는 건 맞는 걸까?

밀려드는 의구심, 허나 이내 천무진은 그런 나약함을 털어 버리기라도 하겠다는 듯 거칠게 고개를 저었다.

그들이 자신의 앞에 직접 모습을 드러냈다. 과거엔 없었던 일이 벌어진 이유가 과연 무엇일까?

그들이 나타났다는 것.

그건 곧 지금 자신이 하는 일들이 그들에게 조금이라도 방해가 되고 있다는 방증이기도 했다. 그렇지 않았다면 그들이 굳이 자신의 앞에 나타났을 이유가 없었으니까.

천무진은 조급해지려는 마음을 다잡았다.

그들이 자신이 두 번째 삶을 안다는 것은 분명 큰 위협이 되었지만, 반대로 자신 또한 다르지 않았다. 자신도 이번엔 그들을 아니까.

아무것도 모르고 당했던 저번 삶에 비하면 훨씬 공평하지 않은가?

생각과 고민이 깊어지던 그때 바깥에서 남윤의 목소리가 들려왔다.

"작은 주인님, 깨어 계십니까?"

자리에서 일어난 천무진이 입구로 다가가 문을 열었고, 바깥에는 역시나 남윤이 자리하고 있었다.

그가 물었다.

"……무슨 일이야, 영감."

"외부에서 연락이 와서 전달드리러 왔습니다."

"연락?"

"예, 여기."

남윤은 쥐고 있던 서신을 천무진에게 건넸고, 이내 그는 안의 내용을 확인했다. 뭔가 중요한 일인가 하고 굳은 표정을 짓고 있던 천무진은 곧 고개를 끄덕였다.

날아든 서찰에 적힌 것은 다름 아닌 방건과 관련된 내용이었다.

그의 여동생인 방소청이 이곳을 떠날 때가 되었고, 미리 이야기된 대로 방건과 동행하기 위해 연락을 넣은 것이다.

천무진이 슬쩍 고개를 돌려 한쪽을 바라봤다.

며칠 전까지만 해도 여러 명이 자리하고 있던 장소.

얼마 전 무림맹에 사공량 패거리를 넘겼고, 이번엔 방건을 떠나보낼 차례가 된 듯싶었다.

"무슨 일 있으십니까, 작은 주인님?"

갑자기 고개를 돌려 옆을 바라보고 있는 천무진의 모습에 남윤이 조심스레 물었다. 그러자 그가 작게 고개를 저으며 대답했다.

"아니, 별일 아니야. 아무래도 저 안에 있는 손님을 내보낼 때가 된 것 같아서."

"손님이라면 그분을 말씀하시는 것이겠군요."

다른 이들과는 달리 좋은 방에서 편안하게 머물고 있는 방건을 기억해 내며 남윤이 대답했다.

그런 그에게 천무진이 말했다.

"가서 전해 줘. 나갈 준비를…… 아니다, 그건 내가 할 테니 영감은 이동시킬 마차를 준비해 줘."

"예, 그러지요."

이곳에서 방소청이 머무는 곳까지는 거리가 꽤 됐기에, 몸 상태가 좋지 않은 방건을 마차로 데려다줄 생각이었다.

말을 마친 천무진은 곧바로 방건의 거처로 향했다.

기상하기엔 다소 이른 시각, 그렇지만 하루 종일을 방 안에서 쉬고만 있었던 탓인지 방건은 이미 일어나 있었다.

탁자에 자리하고 있던 그는 새벽에 갑자기 나타난 천무진을 보고 눈을 동그랗게 떴다.

"무슨 일이야?"

"네 동생에게 연락이 왔어. 오늘 떠날 예정이라더군. 나갈 채비를 하라고 전하러 왔다."

"그래?"

동생을 볼 수 있다는 생각 때문인지 방건의 얼굴엔 화색이 돌았다.

가만히 서서 웃고만 있는 그를 향해 천무진이 말했다.

"뭐해? 서두르지 않고. 짐 어서 챙겨야 갈 거 아냐."

"짐이라고 할 게 뭐 있나. 몸뚱이만 나가면 돼."

거의 시체가 되어서 이곳에 들어왔다. 그런 상황에서 개인적인 용품을 챙기고 왔을 리도 만무했고, 천무진이 준 옷 몇 벌 정도가 짐이라 할 만한 전부였다.

방건의 말에 천무진 또한 방 안을 스윽 둘러보다 입을 열었다.

"허기야 것도 그러네. 여하튼 옷이라도 좀 갈아입어. 받은 것도 몇 벌 챙겨 가고. 먼 길 가야 할 거 같은데."

산동에 있는 옥수문이라면 가는 데만 수십여 일이 걸릴 정도로 긴 여정이다. 여벌의 옷 정도는 챙겨 가야 그나마 버틸 수 있을 것이다.

천무진의 말에 방건은 옆에 있는 봇짐 안에 받았던 옷을 챙겨 넣었다. 그리고 시키는 대로 깨끗한 옷으로 갈아입고서야 천무진을 향해 다가왔다.

"어때? 이제 좀 덜 환자 같아 보여?"

"……아까보다는."

동생인 방소청에게 자신이 다쳤다는 말을 미리 전하긴 했지만, 그래도 큰 걱정하지 않도록 최대한 멀쩡해 보이고 싶었던 것이다.

사실 옷 하나 갈아입었다고 뭐 그리 달라지겠냐마는 그래도 천무진의 말을 들으니 한결 마음이 나았다.

천무진이 말했다.

"마차로 목적지까지 데려다줄 거야. 그리고 이곳에서 이동하는 동안에 잠깐은 눈에 안대를 해야 해. 외부에 알려지면 안 되는 곳이거든."

이곳은 천룡성의 비밀 거점이었기에, 아무에게나 드러낼

수 없었다. 그랬기에 마차를 태우러 가는 동안에 안대를 씌울 생각이었고, 마차가 출발하고 어느 정도 시간이 흐를 때까지 벗기지 않을 예정이었다.

방건이 순순히 대답했다.

"그렇게 할게."

"그리고 알겠지만…… 나에 대한 이야기는 어디 가서도 하지 말고. 이건 나를 위해서가 아니라 너를 위한 충고야."

무림맹을 떠나 오히려 산동 멀리에 있는 옥수문으로 가는 방건이다. 그런 그가 어디를 가서 이 같은 소문을 낼 거라는 생각은 하지 않았지만 그럼에도 불구하고 천무진은 다시금 되짚어 줬다.

자신의 정체는 이미 적들에게 드러나 있다.

그런 상황에서 굳이 이런 말을 한 건 지금 이야기한 대로 방건을 위해서였다.

천무진에 대해 안다는 건 곧 방건에게 화가 될 수도 있는 일이었으니까.

천무진의 말에 방건이 웃으며 답했다.

"걱정하지 마라. 너와 내 일은 여기에 묻으려고."

말을 하며 방건은 자신의 가슴을 두드렸다.

그를 향해 천무진이 입을 열었다.

"원한다면 무림맹에 돌아올 수 있도록 이미 이야기해 뒀어. 혹시라도 나중에 돌아오고 싶다면 언제든지 돌아올 수 있을 거다."

생각지도 못한 말이었는지 방건은 꽤나 놀란 눈치였다.

하지만 천무진의 말은 거기서 끝이 아니었다.

그가 말을 이었다.

"하지만 가능하면 돌아오지 마라. 좋은 무인이 되라고 말하고 싶지만, 솔직히 말해서 그건 불가능한 것 같다. 사실 넌 그리 재능이 없거든."

"면전에 대고 잔인한데?"

말은 그리했지만 방건은 피식 웃었다.

사실 방건도 알고 있었다.

자신의 몸이 완벽히 회복되려면 긴 시간이 걸릴 것이고, 그런 나이에 다시금 무림맹에 온다 해서 지금과 달라질 건 없다는 사실 정도는.

꽤나 긴 시간을 무림맹에 몸담았다.

그렇지만 방건은 그 안에서 전혀 빛나지 못했다.

본인 스스로도 슬슬 떠나야 할 때라는 걸 어느 정도 직감하고 있었던 것일지 모르겠다. 그 와중에 이 같은 일이 벌어졌고, 오히려 그 덕분에 결단을 내릴 수 있었다.

고향으로 돌아갈 것이고, 그곳에서 또 새로운 행복을 찾기 위해 노력할 생각이다.

기분이 나쁠 수 있는 말임에도 불구하고 오히려 편안한 얼굴로 있는 방건을 바라보며 천무진이 그의 어깨를 두드렸다.

방건과 시선을 마주하는 순간 천무진이 할까 말까 망설였던 말을 나지막이 꺼냈다.

"허나 이건 장담하지. 넌 좋은 무인은 못 되겠지만…… 좋은 사람은 될 수 있을 거다."

사실 초면부터 그리 유쾌한 인연은 아니었다.

오히려 자신에게 시비를 걸어 댔고, 귀찮게 엉겨 붙어 짜증이 일게도 만들었다.

허나 그렇다고 한들 그는 악인은 아니었다.

때로는 순박했고, 번거롭긴 했지만 언제나 식사를 할 때는 천무진을 챙기려고 하는 모습을 보였었다. 그리고 누군가에게는 소중한 오라비였고, 또한 그런 동생을 아낄 줄 아는 사내였다.

그랬기에 천무진은 죽어 가는 그를 버리지 못했던 것이다.

천무진의 말에 놀란 듯 눈을 치켜떴던 그가 이내 웃으며 말했다.

"고맙다 무진아."

"초반에 신고식이니 뭐니 하면서 건드리는 건 고쳐. 그러다간 좋은 사람 되기 전에 죽을 테니까."

"야, 그거야 나도 당해서 해 본 거지. 솔직히 하면서도 얼마나 가슴 졸였는지 아냐? 어쨌든 충고 받아들여서 앞으론 절대 그런 짓 안 하마."

웃으며 대답하는 방건과 마주하고 있던 천무진이 작게 고개를 끄덕였다.

이야기가 끝날 무렵 바깥에서 인기척이 느껴졌다.

방건을 이동시킬 마차가 준비된 모양이다.

천무진은 가지고 온 검은 천을 내밀었다.

"이걸로 눈을 가리고 날 따라서 입구로 걸어 나와. 마차가 온 것 같으니까."

그의 말에 방건은 순순히 시키는 대로 검은 천으로 눈을 가렸다. 그러고는 곧바로 천무진의 발걸음 소리를 따라 천천히 바깥으로 걸음을 옮겼다.

이 거처로 들어오고 단 한 번도 방 밖으로 나가지 못했던 방건이, 눈을 가린 채로 마침내 바깥으로 나설 수 있었다. 그렇게 걸음을 옮겨 마차에 이른 방건이 그 위로 올라탔다.

천무진은 검은 천으로 눈을 가리고 있는 방건을 대신하여 마차의 문을 닫았다.

덜컹.

문이 닫혔고, 이내 안에 있는 방건이 손으로 더듬더듬 창가를 어루만지며 바깥을 향해 고개를 돌릴 때였다. 천무진이 그를 향해 마지막 인사를 건넸다.

"그동안 고생했다. 고향에 가서 잘 지내라."

왜일까?

고생했다는 그 한마디에 긴 시간 무림맹에서 아등바등 버티며 힘들게 지내 왔던 시간들이 마치 눈 녹듯 사라져만 가는 기분이 들었다.

눈을 가린 채로 방건이 입가에 큰 미소를 지었다.

"너도 잘 지내. 무진아."

"그럼 슬슬 출발……."

말을 하는 천무진을 향해 방건이 다급히 소리쳤다.

"잠깐만!"

갑자기 소리를 치는 방건을 향해 천무진이 시선을 줬을 때였다. 보이지 않을 텐데도 불구하고 애써 창 쪽으로 고개를 돌린 그가 진지한 목소리로 말했다.

"……기회가 된다면 이 은혜 언젠가 꼭 갚으마."

천룡성의 후계자인 천무진이 방건에게 도움을 받을 일이 과연 있을까?

허나 그런 생각을 해 주는 것만으로도 충분했다.

잠시 방건을 바라보던 천무진이 이내 출발하라는 듯 마차의 옆면을 가볍게 손바닥으로 두드렸다.

"출발."

그 말과 함께 마차는 서서히 천룡성의 비밀 거점을 떠나
갔다.

*　　　*　　　*

적화신루의 총회는 언제나처럼 이루어졌다.

특별한 일이 없는 신루의 고위직들은 모두가 참석했고,
그 숫자는 서른 명이 조금 미치지 못하는 정도였다.

적화신루의 총관은 정확하게 아홉 명.

헌데 신기하게도 부총관의 숫자는 그보다 한 명 많은 열
명이었다.

그리고 그 외에 각 부서들을 담당하는 이들이 있었으니
숫자가 제법 되었다. 오늘 이 자리에는 두 명의 총관과 세
명의 부총관, 그리고 몇몇 부서장들을 제외하고 모두가 참
석했다.

적화신루에서는 총관의 앞에 붙는 숫자는 별 의미가 없
다고들 말한다.

허나 그건 대외적인 말일 뿐, 실질적으로 적화신루 내부
에서는 총관 앞에 붙는 숫자가 서열이라는 암묵적인 이야
기들이 있었다.

일에서부터 구까지.

그 숫자가 바로 적화신루 내의 서열이라는 건 어느 정도 신빙성이 있는 말이기도 했다.

그리고 그 예가 바로 저 사내였다.

휘장으로 가려져 있는 루주의 공간에 가장 가까이 위치해 있는 한 명의 인물. 나이는 육십이 조금 넘었지만, 관리를 잘한 덕분인지 아직까지도 정정함이 잔뜩 묻어 나왔다.

흰머리를 깔끔하게 정돈해서 넘긴 그는 덩치가 조금 있는 편이었고, 눈매는 강인했다.

굳게 닫혀 있는 입은 평소 묵직한 그의 성정을 보여 주는 듯했다.

경거망동하지 않으며 모든 일을 침착하게 처리하는 사내.

바로 적화신루의 일총관 진자양(陳子陽)이라는 인물이었다. 그는 적화신루 내에서 유일하게 두 명의 부총관을 허락받은 특별한 인물이었다.

총관에 비해 부총관이 한 명 많은 이유는 바로 그 때문이기도 했다.

적화신루의 루주는 예로부터 언제나 휘장을 통해 정체를 가려 왔다. 그런 루주를 대면할 수 있는 유일한 존재, 그것이 바로 일총관 진자양이었다.

루주가 이야기를 꺼내면 진자양은 그걸 정리하고 다른 이들과 의견을 교류한다. 그리고 이내 그걸 다시금 정리해서 문서로 남긴다.

실질적인 적화신루의 이인자인 셈이다.

그런 그가 일총관이니 자연스레 그다음 서열인 이총관이 삼인자로 분류되는 건 당연했다.

입 밖으로 꺼내지만 않을 뿐 모두가 암묵적으로 동의하는 규칙.

그런 적화신루에서 백아린은 사총관이었으니, 그 위치는 꽤나 높았다. 그리고 그랬기에 어교연이 더욱 그녀를 미워하는 것이기도 했다.

자신의 능력이 훨씬 뛰어나다 여기고 있거늘 사총관인 백아린에 비해 자신은 고작 육총관의 직위에 자리하고 있었으니까.

불만은 그것뿐만이 아니었다.

각 총관들은 두 개에서 많게는 세 개 정도씩 구역을 나눠서 담당했는데, 개중에 백아린이 담당하는 곳은 다름 아닌 사천성과 섬서성이었다.

거기다 호북의 일부 지역도 떠맡고 있으니 그야말로 알짜배기 같은 곳은 전부 그녀의 영역이라는 소리였다.

실질적인 중원의 중심 지역을 도맡고 있는 백아린이었으니, 그녀를 탐탁지 않게 여기는 어교연의 입장에서는 고까울 수밖에 없었다.

각 지역에서 모인 총관들의 보고가 이어졌고, 이내 루주와 일총관 진자양은 자그맣게 대화를 나누며 상황들을 정리해 갔다.

붉은 휘장 너머의 루주는 그림자만이 비칠 뿐, 그 모습을 보이지 않고 있었다.

허나 그 누구도 그런 모습에 의아해하지 않았다.

정보 단체의 수장으로서 수하들에게도 본모습을 감춘다. 그것이 바로 적화신루 루주들이 대대로 이어 온 방식이었으니까.

어느 정도 이야기가 끝나 가며 길었던 총회가 서서히 막을 내리려 할 때였다.

자신의 차례에서 준비된 것들을 보고하고 조용히 자리하고 있던 백아린이 손을 들어 올리며 발언권을 얻고자 했다.

그녀의 모습을 본 진자양이 말했다.

"사총관 말하시오."

"루주님께 하나 요청을 드리고 싶은 게 있어요."

붉은 휘장 너머의 상대를 향해 백아린이 말하자, 그림자가 고개를 끄덕이며 답했다.

"하게."

"지금 배정받은 주요 임무를 위해 앞으로 있을 총회는 제가 있는 곳에서 멀지 않은 장소로 진행했으면 합니다."

백아린의 말에 자리하고 있던 이들이 웅성거리기 시작했다. 특별한 일이 없는 한 여러 지역을 돌아가면서 총회가 있어 왔기 때문이다.

어교연이 이를 부드득 갈며 나섰다.

"사총관, 그건 너무 과한 요구 아닌가요?"

중원의 외곽인 하북과 요녕을 맡고 있는 그녀다. 백아린을 중심으로 진행하게 되면 이동 거리가 멀어질 수밖에 없다.

그런데 모든 일정을 자신에게 맞춰 달라고 하니 어교연이 그냥 넘어갈 리가 없었다.

대답해 오는 어교연을 똑바로 바라보며 백아린이 말했다.

"그만큼 중요한 일이니까요."

"……그리도 중요한가?"

들려오는 묵직한 루주의 목소리.

백아린이 고개를 끄덕이며 루주의 말에 답했다.

"물론입니다. 그들은 정보를 다루는 저희가 존재 자체를 알지 못했던 세력이에요. 그런데도 불구하고 이미 중원 곳곳에 박혀 있더군요."

"사총관은 그들이 위험하다 여기는군."

"네."

순순히 대답한 그녀가 이내 천천히 말을 이었다.

"지금 확인된 바로만 해도 구파일방이나 오대세가 같은 곳들의 일부 또한 그들과 연관되었을 공산이 크다고 판단됩니다. 어쩌면 이미 완벽하게 넘어간 곳이 있을 수도 있죠. 정파 쪽이 이런데 사파나 마교 쪽까지 들어가면 그 크기는 가늠이 안 되는 상황이고요."

"너무 과한 생각 아니오?"

일총관인 진자양이 끼어들며 물었다.

그녀가 무림의 전설적인 문파인 천룡성과 함께 뭔가를 조사해 나가고 있다는 걸 안다.

그렇지만 정말로 그토록 큰 세력을 자신들이 존재 자체를 모르고 있었다는 건 쉽게 믿기 어려울 정도로 충격적인 일이었다.

믿기 어렵다는 건 백아린 또한 이해한다.

그렇지만 천무진과 함께하게 되면서 조금씩 드러나는 그들의 존재.

그들이 사천당문의 다음 가주 직을 노리는 이를 손바닥 안에 놓고 벌인 일을 직접 목도하기도 했다. 거기다가 정체불명인 그들의 검은 손이 무림맹 내부에도 뻗쳐 있다는 것역시 확인하지 않았던가.

일이 이렇게 된 이상 최악의 상황까지 염두에 두어야 하는 것이 바로 정보 단체가 살아남을 방도라 여겼다.

그랬기에 백아린이 확신 어린 목소리로 말했다.

"어쩌면 이 일은…… 중원 전체가 얽힌 일일지도 모릅니다."

그녀의 말이 떨어지자 곳곳에서 웅성거리는 소리들이 커지기 시작했다.

적화신루의 일원으로서 그런 자들이 있는데 여태 알지 못했다는 걸 믿지 못하겠다는 반응이 대부분이었다.

백아린은 그런 주변의 웅성거림은 아랑곳하지도 않은 채 휘장 너머의 상대를 뚫어져라 응시했다.

그리고 마찬가지로 붉은 휘장에 가려져 있는 상대 또한 잠시 말없이 자리하고 있을 뿐이었다.

이어지던 침묵.

결국 휘장 너머의 루주가 천천히 입을 열었다.

"……요청을 수락하지."

루주의 답이 떨어졌다.

몇몇 이들의 불만 어린 시선이 쏟아지는 걸 느끼면서 백아린이 포권을 취했다.

"감사합니다 루주님."

루주가 허락했고, 그것은 절대적이었다.

어교연은 총회의 흘러가는 이 분위기가 무척이나 마음에 들지 않았다.

백아린의 부탁대로 주기적으로 열리는 총회가 그녀의 일정에 맞춰 진행된다는 것이 짜증을 불러일으키고 있었다.

물론 총회의 대부분은 모두가 오고 가기 편하도록 중원의 중심 지역에서 열리는 것이 대부분이었고, 그곳을 관리하는 것이 백아린이었으니 실질적으로 큰 변화는 없을지도 모른다.

거기다 지금 적화신루에서 가장 중요하게 여기는 것이 바로 천룡성과 관련된 의뢰. 어쩌면 백아린의 말대로 그것에 맞춰 일정을 진행해야 할 수도 있다.

허나 어교연에겐 옳고 그른 것이 중요하지 않았다.

그저 루주가 백아린의 부탁을 들어줬다는 사실만이 기분 나쁠 뿐이었다.

'이대로 가다간 적화신루 내에서 내 지위가 점점 더 흔들릴 텐데…….'

현재 어교연이 가장 욕심을 내고 있는 건 몇 년 안에 공석이 될 삼총관의 자리였다. 현재 삼총관의 자리에 있는 이는 서원(徐洹)이라는 인물로, 어느덧 팔십이 다 되어 가고 있었다.

자연스레 은퇴에 대한 이야기들이 조금씩 흘러나왔고, 당연히 지위 상승을 노리는 어교연으로서는 가장 노리고 있는 자리이기도 했다.

은퇴 얘기와 함께 추후 삼총관의 자리에 앉을 자들로 거론되는 이들이 있었으니 당연히 그 바로 다음 순위인 백아린과 오총관인 조광건(趙廣建), 육총관인 어교연 정도가 손꼽히고 있었다.

허나 조광건은 지금의 상황에 만족하는지 딱히 삼총관의 자리에 큰 욕심을 가지지 않았다.

상황이 이렇다 보니 어교연으로서는 계속해서 백아린을 견제하지 않을 수 없었다.

가뜩이나 빼어난 능력을 선보이며 신루 내에서 점점 확고하게 자리를 잡아 가고 있는데, 루주의 신뢰까지 강하게 받고 있으니 어교연은 시간이 갈수록 초조해질 수밖에 없었다.

삼총관이 되고 운이 좋다면 지금 있는 변방이 아닌 중앙 지역의 관리를 맡게 될지도 모른다. 그리고 그 말은 곧 자신의 힘이 적화신루 내에서 더욱 강해질 거라는 의미였다.

그녀는 맞은편에 위치한 백아린을 조용히 노려봤다.

'사사건건 내 앞길을 막는구나, 백아린.'

참기 힘들 정도의 불쾌함이 치밀었다.

허나 총관의 직책을 맡았을 정도로 어교연은 영특한 여인이었다. 마음에 들지 않는다 하여 그 속내를 내비칠 정도로 어수룩한 상대가 아니라는 소리다.

이대로 가다가는 서열로도 그렇고, 인지도적인 부분에서 백아린이 한참 앞서게 될 것이다. 그렇게 되면 삼총관의 자리가 백아린에게 고스란히 넘어가게 되는 건 당연한 수순.

일발 역전을 할 힘이 필요했다.

'어떻게든 내 편을 만들어서 이 분위기를 역전시켜야 할 텐데.'

역시나 가장 큰 도움이 될 수 있는 건 일총관인 진자양이다. 허나 그는 결코 자신의 편으로 만들 수 있는 상대가 아니었다.

진자양은 루주의 사람이고, 그 외에는 결코 어느 편에도 서지 않을 중립적인 인물이다.

그렇게 된다면 자연스레 생각나는 한 사람.

바로 이총관 황균(黃鈞)이다.

일총관인 진자양에게 크게 밀리긴 하지만 실질적인 그다음 권력자. 꽤나 오랜 시간 적화신루에 몸담기도 했고, 세력 또한 제법 커서 같은 편이 된다면 엄청난 힘이 되어 줄 수 있는 인물이다.

다만 조심성이 많아 섣부르게 뭔가를 계획하고 주도하는 부류는 아니었다.

황균을 같은 편으로 만들기 위해서는 그를 움직일 만한 타당한 뭔가가 있어야만 할 것이다. 그저 도와 달라는 어교연의 부탁 정도로 움직여 줄 인물은 분명 아니었다.

허나 어교연은 그를 설득하기 위해 고민하지 않았다. 이미 이번 집회에 오기 전에 모든 계획들을 준비해 둔 탓이다.

삼총관이 물러나기까지 시간이 조금 남아 있긴 했지만 미적거리다가는 그나마 남은 기회조차 사라지게 될 것이다.

아직 시간이 있는 지금 확실한 쐐기를 박아 둬야만 했다.

어교연이 총회가 언제 끝나나 눈치만 살피고 있던 와중 일총관의 보고를 전부 전해 들은 루주가 자그마한 종을 흔들었다.

딸랑딸랑.

긴 보고에 모두가 지쳐 갈 그 무렵 들려온 종소리에 회의실 안에 자리한 이들의 시선이 휘장에 감춰져 있는 루주의 그림자로 향했다.

루주가 입을 열었다.

"오늘 총회는 여기까지 하지. 먼 길 오느라 고생들 했어.

각자 일정들에 맞춰 조금 쉬다 갈 이들은 그렇게 하고, 아닌 이들은 바로 떠나도 좋아. 그럼 다음 총회에서 만나지. 일총관과 사총관만 남고 나머지는 모두 물러가도록 해."

루주의 명이 떨어지자 모두 동시에 포권을 취하며 뒤로 한 걸음 물러섰다. 그러고는 이내 그들은 문을 향해 몸을 돌리고는 곧바로 걸음을 옮겼다.

일총관뿐만이 아니라 사총관인 백아린까지 남으라는 명을 내렸지만, 그것에 대해 의아해하는 이는 없었다.

이 같은 일이 처음은 아니어서다.

거의 매번 총회가 끝나면 루주는 진자양과 백아린에게 남으라는 명을 내렸다.

그리고 오늘 또한 그때와 같았을 뿐이다.

어교연은 내심 그 사실이 기분 나쁘긴 했지만, 지금은 그게 중요한 것이 아니었다. 그녀가 서둘러 바깥으로 걸음을 옮겼다.

두리번거리던 어교연의 눈에 황균의 모습이 잡혔다.

그의 나이는 오십 대 중반 정도였고, 외모는 가볍게 스쳐 지나가면 기억에 남지 않을 정도로 평범함 그 자체였다.

보통 키에 결코 두드러지지 않는 얼굴.

허나 이 사내가 어교연이 백아린을 견제하기 위해서는 반드시 같은 편으로 만들어야 할 존재였다.

그녀가 다급히 입을 열었다.

"이총관님."

먼저 나섰던 황균은 자신을 부르는 목소리에 슬쩍 뒤를 바라봤다. 그곳에는 화사한 미소를 머금고 있는 여인, 어교연이 자리하고 있었다.

황균 또한 그녀를 웃음 가득한 얼굴로 맞았다.

"이게 누구시오. 육총관 아니십니까. 어찌 뵐 때마다 점점 더 아름다워지시는 것 같습니다."

"과찬이세요."

말과 함께 황균에게 다가간 그녀가 슬쩍 뒤편에 있는 자신의 부총관인 경패에게 눈짓을 했다.

사전에 이야기를 해 둔 것이 있어서인지 성큼 다가온 경패가 황균의 아래에서 부총관 직을 맡고 있는 사내를 가볍게 잡아끌었다.

별다른 말은 하지 않았지만, 황균의 부총관은 둘 사이에 뭔가 대화가 필요하다는 걸 눈치채고는 곧바로 경패를 따라 움직였다.

두 명의 부총관이 사라지는 걸 보며 황균은 묘한 표정을 지어 보였다.

자신과 어교연의 사이가 나쁘지는 않았지만 이렇게 수하들을 물리면서까지 대화를 나눈 적은 없었기 때문이다.

그녀의 속내를 궁금해하던 찰나 어교연이 입을 열었다.

"혹 지금 시간 괜찮으시다면 잠시 이야기를 나누고 싶은데……."

"허어, 육총관님의 청인데 시간이 없더라도 만들어야지요."

넉살 좋게 대답한 그가 주변을 두리번거리다가 이내 가볍게 손짓했다.

"조용히 대화를 나눌 만한 곳을 하나 알고 있는데 그리로 가실까요?"

"안내해 주시면 저야 감사하죠."

어제 일찍 도착한 탓에 이곳에서 하루를 묵었던 황균이다. 그 때문에 총회가 열린 이곳 금황상단에서 방 하나를 배정받았고, 그곳만큼 은밀히 대화를 나누기 좋은 장소도 없었다.

황균은 비밀 이야기를 나누고자 하는 어교연과 함께 배정받은 자신의 방으로 갔다.

적화신루 인물들의 신분을 감추기 위해 마련된 방이었기에 비밀리에 대화를 나누기에는 최적의 요소를 갖춘 곳이었다.

방으로 들어선 직후 두 사람은 나란히 마주 앉았다. 아쉽게도 뜨거운 차는 없었고, 식은 차만이 탁자 위에 자리하고 있었다.

찻잔에 찻물을 따르던 황균이 물었다.

"혹 미지근한 차라도 괜찮다면 한잔하시겠습니까?"

"네, 마침 목이 탔는데 잘됐네요. 총회가 워낙 길잖아요."

"허허, 저희 적화신루가 요새 일복이 넘치지 않습니까. 다들 고생이지요."

적화신루가 원래 그리 작은 정보 단체는 아니었지만 최근 들어서는 더욱 가파른 상승세를 보이며 커 가고 있었다.

당연히 총회에서 주고받을 중요한 이야기들 또한 많아지고 있는 상황.

말을 끝내며 황균은 찻물을 가득 채운 찻잔 하나를 그녀에게 내밀었다. 그리고 찻잔을 받아 든 어교연이 웃으며 말했다.

"잘 마시겠습니다, 이총관님."

가볍게 찻잔에 입을 가져다 댔던 그녀가 슬쩍 황균의 눈치를 살폈다. 내색을 하지 않으려 하고 있었지만, 자신의 이야기를 기다리고 있는 것이 분명했다.

어교연은 괜히 쓸데없는 이야기로 시간을 죽이기보다는 서둘러 본론으로 들어가는 게 낫다 판단했다.

그녀가 입을 열었다.

"삼총관님의 은퇴가 얼마 남지 않으신 걸 잘 알고 계시지요?"

"허허, 벌써 그리되었나 봅니다. 거참, 정정하신 분인데 뭐 그리 빨리 손을 놓고 물러나시려는지, 원."

아쉽다는 듯 말을 하면서도 황균은 찻잔으로 슬쩍 입을 가렸다.

실망스러운 표정을 감추기 위해서였다.

'나에게 뭘 말하려고 하나 했더니…… 겨우 그 이야기였군.'

뭔가 은밀히 대화를 나누고자 하기에 그게 뭔지 내심 궁금했거늘 고작 삼총관에 관련된 이야기라니. 기대가 컸던 만큼 실망감 또한 컸다.

사실 지금 어교연이 삼총관의 자리를 노리고 있다는 걸 황균 정도 되는 인물이 모를 리가 없었다.

허나 그것은 어교연과 관련된 일일 뿐이다.

자신은 그 자리에 누가 앉든 전혀 상관이 없었다. 이런 상황에서 나온 어교연의 말이 황균의 구미를 당기게 할 리가 없었다.

예상보다 훨씬 시시한 이야기에 급속도로 관심이 식어 버린 황균이 다소 가라앉은 목소리로 말했다.

"그래도 쉬시겠다는 분을 말릴 수도 없는 노릇이니 모든 건 순리대로 흐르겠지요. 그러니……."

"그냥 보고 계셔도 괜찮으시겠어요?"

"……무슨 소리십니까?"

도움을 청할 거라 생각했다.

그랬기에 애초에 그럴 만한 분위기도 만들지 않으려 했고, 부탁을 해 온다 해도 정중하게 거절하려 했던 황균이다.

그런데 오히려 어교연이 자신에게 묻는다.

괜찮겠냐고.

어차피 삼총관의 자리를 놓고 벌어질 싸움이 자신에게 어떠한 영향도 끼칠 리가 없지 않은가.

황균의 물음에 이번에도 어교연은 대답 대신 질문을 던졌다.

"지금 이 상황에서 삼총관 자리에 오를 가장 유력한 인물이 누구라고 생각하시죠?"

"그거야 당연히……."

아무렇지 않게 백아린이라는 이름을 내뱉으려던 황균이 잠시 입을 닫았다. 그 대답이 앞에 있는 상대의 기분을 상하게 할 거라는 걸 잘 알았으니까.

그리고 굳이 답을 듣지 않아도 어교연 또한 황균이 방금 전에 말하려고 했던 이름이 무엇인지 이야기를 꺼내기 전부터 이미 짐작한 상황이었다.

분하지만 열에 아홉은 그리 생각하고 있다는 걸 그녀 또한 잘 알고 있었다. 그리고 그만큼 불리했기에 지금 어교연이 황균을 찾아온 것이기도 했다.

어교연이 그 답을 대신 말했다.

"아마도 백아린 총관이겠죠."

덤덤하니 말하는 어교연을 향해 황균 또한 고개를 끄덕이며 말을 받았다.

"맞습니다. 그런데 지금 어 총관께서 하시고 싶은 이야기가 대체 뭡니까? 그녀가 삼총관이 되는 것이 나한테 무슨 피해라도 줄 거라 이 말입니까?"

어교연의 사정 따위는 전혀 궁금하지 않았다.

황균이 알고 싶은 건 하나.

왜 그 일에 자신이 괜찮은지, 아닌지가 거론되냐는 거다.

그의 속내를 알기에 어교연은 천천히 준비해 두었던 패를 꺼내기 시작했다.

"삼총관의 자리만 놓고 본다면 분명 백 총관이 되든 말든 큰 상관이 없으시겠지요. 하지만…… 과연 그녀의 욕심이 거기서 끝날까요?"

"끝이 아니라면 뭡니까?"

황균은 도대체 무엇을 말하려고 하는 건지 제대로 말하라는 듯 따져 물었다. 다소 조급하게 변한 목소리를 들으며 그녀가 준비해 온 말을 던졌다.

"삼총관의 자리에 오르면 그녀는 더 높은 자리를 노릴 테죠. 거기서 더 위면 뭐겠어요? 신루의 일원으로서 오를 수 있는 가장 높은 자리, 바로…… 일총관의 자리를 노리게 될 거예요."

"……뭐요?"

일총관의 자리를 노린다는 말에 황균의 표정이 처음으로 매섭게 변했다.

허나 그는 절대 그럴 리 없을 거라는 확신을 가지고 있었다.

흔들림 없는 목소리로 황균이 말을 이었다.

"그럴 리가 없습니다. 아무리 백 총관의 능력이 뛰어난다 한들 모든 것에는 순서가 있는 법이니까요. 당연히 진자양 일총관이 물러나시면 그 자리는 제게 와야 맞는 것입니다. 그리고 그건 루주님의 생각 또한 같을 거라 믿어 의심치 않습니다."

애써 밀려드는 의심을 부정하려는 찰나, 어떻게든 그를 흔들어야 하는 어교연이 다시금 준비해 뒀던 말을 꺼냈다.

"물론 저야 그것이 맞다고 생각하죠. 하지만 지금 흘러가는 이 분위기를 보세요."

어교연은 방금 전 자신이 들어온 입구 쪽을 가리키며 말을 이었다.

"지금 루주님과 함께 있는 게 누구죠?"

"……."

그 한마디를 듣는 순간 황균은 움찔하고야 말았다.

말문이 막혔고, 쇠망치로 머리를 맞은 것처럼 머리가 찡하고 울렸다.

머뭇거리는 그를 향해 어교연이 말했다.

"일총관님은 그렇다고 쳐요. 그렇지만 다른 한 명이 더 필요하다면 당연히 그건 황균 총관님이셔야 하는 거 아닐까요? 그런데 거기에 지금 누가 있죠?"

"……백 총관이 있지요."

"맞아요. 그게 무슨 의민지 아세요? 이미 루주님은 일총관님과 그녀를 동일 선상에 뒀다는 말이에요. 이 상황에서 새로운 일총관을 뽑아야 한다면 그게…… 누가 될까요?"

물어 오는 어교연의 질문에 황균은 아무런 대답을 할 수가 없었다.

그저 창백해진 자신의 얼굴을 어루만지고만 있을 뿐이었다. 그의 모습을 보며 어교연은 속으로 쾌재를 불렀다.

'내 말이 먹혔어!'

의심이란 것이 그렇다.

한 번 시작을 하면 마치 지독한 악귀처럼 계속해서 꼬리에 꼬리를 물며 사람을 괴롭힌다. 그랬기에 어교연은 잠시 그에게 의심을 할 시간을 주며 뜸을 들였다. 그의 불신이 점점 두려움으로 변하기를 기다리기라도 하는 것처럼.

아주 잠깐의 시간. 허나 그 짧은 시간 동안 황균은 스스로에게 같은 질문을 수백, 수천 번 던졌을지 모른다.

그리고 이런 상황에서 어교연이 해야 하는 건 단 하나. 타오르기 시작한 그 의심이 걷잡을 수 없게 되도록 쐐기를 박아야 했다.

그녀가 입을 열었다.

"이총관님은 혹시 휘장 너머 루주님의 진짜 얼굴을 보신 적이 있으신가요?"

"없습니다."

"이총관님은 본 적 없는 루주님의 진짜 얼굴. 과연……사총관도 본 적이 없을까요?"

쾅!

더는 참지 못하겠는지 황균이 탁자를 내려쳤다. 그의 손 근처에 자리하고 있던 찻잔은 그대로 바닥으로 떨어져 내리며 산산조각이 났다.

그리고 찻물 또한 쏟아져 바닥을 흥건하게 적셨다.

대대로 적화신루의 루주들은 얼굴을 가린다.

그런 그들이 얼굴을 드러내는 건 특별한 경우가 아니라

면 일총관으로 국한되는 것이 사실이다. 그런 적화신루의 루주가 다른 누군가에게 얼굴을 보여 줬다면 그 의미가 과연 무엇일까?

바로 다른 그 상대에게 일총관이라는 직책을 주려고 한다는 뜻으로 볼 수도 있었다.

황균이 이해가 안 된다는 듯 소리쳤다.

"망할! 어째서 루주님께서는 나보다 백 총관을 더 신용한단 말입니까!"

"능력도 이총관님께서 훨씬 앞서시는데도 불구하고 이런 경우라면 답이 뭐겠어요? 가진 거라곤 그 반반한 몸뚱이 하나밖에 없으니 그걸로 루주님을 유혹했겠죠. 사내라면 혹할 미모니까요."

어교연은 같은 여인이면서도 입에 담아선 안 될 말을 꺼냈다.

그것도 아무런 증거조차 없는 상황에서 말이다.

허나 흥분해 있는 황균에게 그건 충분히 먹혀들 만한 얘기였다.

그가 기다렸다는 듯 동조하고 나섰다.

"그렇군! 생각해 보니 처음부터 이상했습니다. 그렇게 어린 자를 어찌 믿고 총관이라는 주요 직책을 맡기는가 싶었거늘…… 루주님의 여자였던 게로군요."

"그렇지요. 고작 그런 이유로 이총관님께서는 지금 이런 기가 막힌 상황에 처한 것이고요."

으드득.

황균이 분하다는 듯 이를 갈았다.

씩씩거리던 그가 이내 마음의 결정을 내렸는지 화를 삭이며 물었다.

"……내게 바라는 게 있습니까?"

일총관의 자리를 빼앗기게 될 거라는 의심과 화에 집어삼켜져 있는 와중에서도 황균은 섣부르게 어교연을 돕겠다 말하지는 않았다.

평상시 조심스러운 그의 성격을 잘 보여 주는 모습이었다.

어느 정도 예상했던 상황이었기에 어교연은 오히려 걱정 말라는 듯이 말했다.

"아무 부담 가지실 필요 없으십니다. 전 이총관님을 곤란하게 만들거나 위험한 일에 끼어들게 할 생각은 전혀 없으니까요. 저도 삼총관이 되고자 도를 넘는 방법까지 쓸 생각은 없고요. 다만 나중에 정말 필요하다면 그때 아주 조금만 힘을 빌려주시면 될 거예요."

마치 아무런 것도 아니라는 듯한 말투.

그러면서도 정확하게 뭔가를 요구하지 않으며 어교연은 애매하게 말을 넘겼다.

당장에 큰 것을 요구한다면 그의 성격상 위험 부담을 느끼고 발을 빼려 할 수도 있었으니까. 그랬기에 차라리 아주 조그마한 것부터 시작해서 천천히 발을 담그게 만들 속셈인 것이다.

이미 더럽혀진 후에는 아무리 발을 빼려 한다 해도 그것이 자신의 의지만으로 될 수는 없을 테니까.

그런 속셈도 모르고 황균은 만족스러운 듯 고개를 끄덕이며 말했다.

"어 총관은 실로 배려심이 깊은 사람이시군요. 좋습니다. 제가 도울 수 있는 일이라면 최선을 다하지요."

들려오는 황균의 확답.

어교연이 웃는 얼굴로 답했다.

"천만에요. 같은 식구끼리 다…… 돕고 살아야 하는 거 아니겠어요?"

*   *   *

모두가 나간 총회장의 넓은 장소.

그곳에는 다섯 명의 인물만이 자리하고 있었다.

백아린과 한천, 그리고 일총관인 진자양과 그의 부총관이었다. 총관들 중 유일하게 진자양에게는 부총관이 둘이 있었지만, 총회나 회의에 참석하는 건 대부분 한 사람이 도맡아서 진행했다.

그리고 그건 오늘도 마찬가지였다.

그렇게 네 사람과 휘장 안쪽에 있는 적화신루의 루주까지 다섯.

넓은 회의장을 채우던 사람들이 모두 빠져나가자 내부는 갑자기 한산해져 이상하게 느껴질 정도였다.

진자양이 먼저 자신의 부총관을 향해 말했다.

"자네는 나가 보게. 그리고 언제나처럼 그 누구도 반경 삼십 장 안에 접근하지 못하도록 철통처럼 경비를 강화하고."

"알겠습니다, 총관님."

중년의 부총관이 짧게 예를 갖추더니 이내 바깥으로 걸어 나갔다. 그가 사라지자 이제 남은 이는 단 넷뿐이었다.

진자양의 시선이 백아린의 뒤편에 조용히 서 있는 한천에게로 향했다.

"자네는……."

"오늘은 저도 전할 이야기가 좀 있을 것 같아서요."

"그런가? 알겠네. 그럼 자네는 남게."

진자양과 한천이 짧은 대화를 끝내자 휘장 너머에서 루주의 목소리가 들려왔다.

"모두 나갔는가?"

"예, 이제 아무도 없습니다."

말을 하며 진자양은 슬쩍 주변을 둘러봤다.

회의실에는 자신들만이 있었고, 인근에 다른 누군가의 기척 또한 느껴지지 않는다.

그의 말이 떨어지자 붉은 휘장이 천천히 옆으로 밀려 나갔다.

스르륵.

붉은 휘장을 걷으며 모습을 드러낸 것은 삼십 중반 정도 되어 보이는 사내였다. 키도 훤칠하고 얼굴도 준수한 것이 여인들에게 꽤나 인기가 많을 것 같은 인상이었다.

거기다가 희고 고운 손가락은 검보다는 붓이 어울릴 것만 같아 보였다.

생각보다 훨씬 젊어 보이는 그 사내가 안에서 걸어 나왔고, 그는 이내 손가락을 들어 안의 모습을 가리고 있던 붉은 휘장을 옆에 있는 틈에 걸었다.

그러자 여태까지 감춰져 있던 휘장 너머의 공간이 모습을 드러냈다.

그곳에는 크게 눈에 띄는 건 없었다.

단 하나, 붉은색의 의자를 제외하면 말이다.

금색과 붉은색이 조화를 이루는 의자는 무척이나 값비

싸 보였다. 이 의자는 적화신루에 대대로 내려오는 것으로 오직 루주만이 앉을 수 있는 특별한 의미를 가진 물건이었다.

그리고 재미있게도 황금색을 띠고 있는 의자의 옆면에는 대대로 루주의 자리에 앉았던 이들의 이름이 붉은 글씨로 새겨져 있었다.

그건 결코 지워지지 않는 아주 특별한 글씨였다.

그 순간 사내가 휘장을 걷고 앞으로 나오자 기다렸다는 듯이 한천과 진자양이 무릎을 꿇으며 예를 갖췄다.

그렇지만 유일하게 백아린만은 무릎 꿇지 않고 오히려 다가오는 사내를 향해 걸음을 옮겼다.

두 사람의 거리가 순식간에 가까워지고 있었다.

다섯 걸음, 네 걸음, 세 걸음…… 그리고 마침내 두 사람의 몸이 겹치려는 그 찰나.

스윽.

내뻗은 손이 마치 백아린을 안기라도 할 것처럼 동그랗게 말렸다.

그리고 바로 그때 놀라운 일이 벌어졌다.

사내가 몸을 돌리며 그대로 무릎을 꿇은 것이다.

만약 다른 누군가가 본다면 이게 무슨 광경인가 하고 기겁을 할 만한 상황.

그 순간 휘장 너머에서 나타난 사내의 시선이 의자의 옆
면으로 향했고, 그곳의 마지막 부분에 적힌 글씨가 아주 또
렷하게 눈에 들어왔다.

적화신루(赤花神樓) 십이대(十二代) 루주(樓主) 백아린(白娥燐)

털썩.

의자에 앉는 소리에 사내의 시선이 그곳에 자리한 누군
가에게로 향했다. 붉은 의자에 몸을 실은 건 방금 전까지
이곳에서 사총관으로 자리하고 있던 백아린이었다.

의자에 앉은 그녀가 앞에 무릎을 꿇고 있는 세 명의 사내
를 바라보며 입을 열었다.

"자, 그럼 진짜 총회를 시작해 볼까요?"

적화신루의 상징인 붉은 의자의 진정한 주인.

백아린이었다.

3장. 분류 —
별일 있었어

　그토록 찾고 있던 그들이 자신의 존재를 이미 눈치채고 있었던 걸로 모자라, 두 번째 삶을 산다는 것조차 알고 있다는 걸 알게 되었지만 변하는 건 없었다.

　결국 그들을 찾아야 하고, 자신은 더욱 강해져야 한다는 건 그대로였으니까.

　그들의 마수에서 벗어나기 위해서는 그때보다 훨씬 강해지는 것 말고는 답이 없었다.

　개인적으로도, 그리고 자신을 따르는 이들도.

　천룡성의 무공은 여러 종류가 있다.

　검법이 주를 이루긴 하지만 그 외에도 이십여 가지에 달하는 여타의 병기를 간단히 다룰 수 있을 정도는 익혔다.

기본적인 권장지각(拳掌指脚)법과 내공을 쌓는 데 필요한 심법, 그리고 빠르게 달릴 수 있는 경공과 몸을 움직이는데 기본이 되는 보법까지.

서로 달라 보이는 이 모든 무공들은 결국 천룡성의 독문 무공인 천룡비공(天龍飛功)으로 이어진다.

천룡성이 천하의 으뜸으로 설 수 있게 만들어 준 무공이 바로 이것이다.

기본적으로 처음에 배우는 심법은 요원이화심법(妖源易華心法)이라는 것인데, 이걸 통해 내공을 쌓고 천룡성 무공의 기반이 되어 줄 초석을 다진다.

그리고 일정 수준 이상이 되었을 때부터는 요원이화심법이 아닌 천룡무극심법(天龍無極心法)이라는 심법을 익히게 되는데 이때부터가 진정한 천룡성의 무공을 익히는 단계라 볼 수 있다.

천룡무극심법의 경지가 이성 이상에 다다르면 그때부터는 천룡비공을 사용할 수 있는데, 단계가 올라갈수록 그 위력은 기하급수적으로 강해졌다.

저번 삶에서의 천무진이 정체불명의 그녀를 만났을 당시, 그때 그는 대략 칠성의 경지에 막 다다르려 하고 있었다.

그 시기가 이번 삶으로 보자면 약 사 년 정도 후의 일이니, 지금은 그에 훨씬 미치지 못해야 맞다.

허나 놀랍게도 지금 천무진의 경지는 오히려 저번 삶에서 그녀를 만났던 사 년 후보다 더욱 강해져 있었다.

이미 칠성에 들어선 지 시간이 꽤 지났으니까.

한마디로 과거로 돌아오고 몇십 일밖에 되지 않은 지금, 그 긴 시간을 뛰어넘을 정도로 강해졌다는 말이다. 이런 것이 가능하게 된 데에는 역시나 저번 생의 경험이 가장 크게 작용했다.

전생의 기억과 경험.

이미 한 번 걸어 봤던 길이다.

무인에게 제일 중요한 건 다름 아닌 깨달음. 그랬기에 천무진은 벌써 저번 생에서 그녀를 만났던 시기의 자신을 뛰어넘어 버린 것이다.

아마 이대로만 간다면 꽤나 빠르게 죽기 직전의 실력을 회복할 수 있을 게다.

천하제일인이라 불렸던 자신.

하지만 그 단계까지 가는 건 지금까지처럼 순탄하지만은 못할 것이다.

그때는 금지된 마공에 손을 대 강해진 것이었지만, 이번 생에서는 천룡무극심법과 천룡비공을 통해 강해져야만 했으니까.

시간은 조금 더 걸릴지 몰라도 안전하고 더욱 강해질 수 있는 방법이다.

생각이 많아지니 천무진은 무공에 더욱 열중했고, 잠도 자지 않은 채 하루의 대부분을 거의 연무장에서만 보냈다.

그건 오늘도 마찬가지였다.

슈슈슉!

천무진의 신형이 하늘로 솟구쳤다가 떨어져 내렸다. 순식간에 그의 주변으로 밀려 나가는 무형의 기운, 동시에 그 자리에 있던 천무진의 모습이 귀신처럼 사라졌다.

순간 연무장 곳곳에 걸어 두었던 서른여 개의 찻잔이 동시에 깨어져 나갔다.

제각기 완전히 다른 곳에 걸어 두었던 찻잔들은 한 치의 오차도 없이 정중앙이 뚫리며 그대로 요란스러운 소리를 토해 냈다.

쨍그랑.

깨어져 나가는 찻잔을 제외한 여타의 장소에는 전혀 변화가 없는 상황.

수십여 개의 기운이 귀신처럼 쏟아져 나가며 동시에 서른 개의 찻잔만을 부숴 버린 것이다. 그만큼 정교한 일격을 펼쳤다는 소리였다.

사라졌던 천무진의 신형이 다시 등장하는 그 순간, 깨어진 건 비단 찻잔뿐만이 아니었다.

그가 손에 들린 검을 보며 표정을 찡그렸다.

"또야?"

불만스레 투덜거리는 이유는 다름 아닌 검 때문이었다. 천룡비공을 펼치기 시작하면 어지간한 검은 그 힘을 이겨 내기 어려웠기에 조금씩 금이 가거나 결국 박살이 나 버려 새로운 검으로 바꿔야 했다.

그리고 지금 또한 마찬가지였다.

날이 아예 똑 부러진 검을 내려다보며 천무진은 나지막이 중얼거렸다.

"그립네, 천인혼(千人魂)."

정체불명의 그녀를 만난 이후 자신의 삶에 끼어든 모든 것들이 싫었지만 단 하나, 천인혼만은 예외였다. 칠신기의 하나로 꼽히는 신병이기인 천인혼은 천무진의 무공을 견뎌 낼 정도로 훌륭했다.

주인을 홀리는 마검이라는 별명까지 있을 정도의 위험한 무기였지만 천무진은 안다.

위험한 무기는 맞지만, 그건 진정한 천인혼의 주인이 되지 못했기 때문이다. 천인혼이 인정하는 주인이 된다면 그 이후부터는 마검이 아닌 최고의 조력자가 되어 주는 검이다.

칠신기라 불리는 전설의 무기이니 천무진의 입장에선 그리울 수밖에 없었다.

부서진 검을 대신할 걸 찾기 위해 잠깐 창고에 갔다가 돌아오던 천무진은 다른 쪽에 있는 연무장에서 울려 퍼지는 소리를 들었다.

자연스레 발길을 그쪽으로 한 천무진이 도착한 연무장에는 단엽이 있었다.

맹렬하게 주먹을 휘두르던 그가 천무진의 등장을 눈치챘는지 멈칫하며 시선을 돌렸다.

천무진이 가볍게 손을 들어 올리며 연무장 안으로 걸어 들어갔다.

얼마 전 크게 다쳤던 단엽이다.

그렇지만 이미 회복이 되었는지 그 또한 천무진과 마찬가지로 며칠째 개인 연무장을 들락날락하고 있었다.

단엽이 흐르는 땀을 손등으로 닦아 내며 입을 열었다.

"어쩐 일이야?"

대답 대신 오히려 천무진이 물었다.

"이렇게 움직여도 돼?"

"쌩쌩하다니까."

자신감 가득한 단엽의 목소리에 천무진은 잠시 그를 위아래로 훑어봤다. 내뱉은 말대로 상태는 꽤나 좋아 보였다.

문득 마침 잘됐다는 생각이 들었다.

혼자서 무공을 펼쳐 대는 것에 막 지루함을 느끼던 차였으니까.

천무진이 입을 열었다.

"단엽."

"왜 주인?"

"오랜만에 같이 몸 좀 풀어 볼까?"

생각지도 못한 말에 잠시 눈을 치켜떴던 단엽이지만……
이내 그의 입이 헤벌쭉하게 벌어졌다. 이곳까지 따라온 이유 중 하나는 자신을 이겼던 천무진을 꺾기 위해서였다.

비록 비무일지라도 자신이 인정한 상대와 싸울 수 있는데 단엽 같은 투견이 피할 리가 없었다.

씨익 웃은 그가 중얼거렸다.

"……그거 재밌겠네."

적화신루의 총회에 참여하기 위해 먼 길을 떠났던 백아린과 한천이 천룡성의 비밀 거점으로 돌아왔다.

미리 언급했던 열흘이라는 시간보다 하루 일찍 돌아올 수 있었던 건 그만큼 쉼 없이 달려왔기 때문이리라.

자정이 되기 조금 전, 거점으로 들어서는 두 사람의 눈에 단엽이 나타났다.

연무장에서 한참 몸을 쓰다 잠깐 쉬려고 나오던 차에 거점으로 들어서는 백아린과 한천을 마주한 것이다.

그가 두 눈을 동그랗게 뜨고는 다가왔다.

"이제야 돌아온 거야?"

떠날 때보다 훨씬 나아진 단엽의 상태를 위아래로 훑던 한천이 신기하다는 듯 물었다.

"뭡니까? 벌써 멀쩡하네?"

"당연하지. 그깟 부상이야 하룻밤 푹 자면 낫는다니까?"

"진짜 회복력 하나는 괴물이네."

한천이 질린다는 듯 중얼거렸다.

단엽은 팔뚝을 드러내며 강인한 척 몸을 뽐내고 있었지만 꽤나 큰 부상을 입었다는 사실을 한천은 잘 알고 있었다.

지독한 독에 당하고 내상까지 입게 되면서 며칠을 꼬박 침상에서만 보냈던 그가 아닌가.

근데 그랬던 것치고는 너무도 멀쩡해 보이는 몸 상태가 신기할 지경이다.

한천이 이내 웃으며 말을 이었다.

"그럼 조만간 전에 약속한 술 한잔해도 되겠습니다?"

"물론. 기대하라고. 내가 좋은 술을 파는 장소를 미리 알아봐 놨거든."

"크으. 듣던 중 반가운 소리군요."

두 사람은 서로를 바라본 채로 술잔을 꺾는 시늉을 하며 희희낙락거렸다. 그런 둘의 모습에 백아린이 작게 고개를 저었다.

"끼리끼리 논다더니 아주 잘 만났네."

얼마 전까진 말도 섞지 않을 정도로 데면데면한 사이였거늘 한천이 단엽을 구한 이후 몰라볼 정도로 가까워진 두 사람이다.

단엽이 그런 그녀를 향해 물었다.

"왜? 너도 끼고 싶어?"

"난 됐으니 두 사람이나 좋은 시간 보내라고. 물론 오늘은 안 되고. 우리 부총관이 처리해야 할 일이 좀 있거든."

당장이라도 뛰쳐나갈 것처럼 좋아하던 한천은 백아린의 그 말에 기겁했다.

"저…… 저희 오늘 도착했는데요, 대장."

"그런데?"

"아뇨. 먼 거리를 그렇게 열심히 달려왔는데 오늘 하루 정도는 좀 쉬어야 하지 않을까요?"

백아린이 웃으며 대답했다.

"술 마실 궁리를 하는 걸 보면 아직 힘이 남아도는데, 뭘."

확고하게 말하는 백아린의 모습에 한천은 결국 꼬리를 만 개처럼 축 늘어졌다.

슬퍼하는 그를 뒤로한 채로 백아린이 단엽을 향해 말을 걸었다.

"그 사람은 어디 있어?"

"누구? 주인?"

그녀가 고개를 끄덕이자 단엽이 손가락으로 천무진의 개인 연무장 쪽을 가리키며 말을 이었다.

"연무장에 있을걸? 요새 아주 수련에 미쳐 있다니까. 덕분에 툭하면 나까지 끌려가서 강제 비무 중이야."

불만스럽다는 듯 투덜거리는 것과 달리 단엽의 표정은 꽤나 즐거워 보였다.

비무다 보니 어느 정도 손속에 사정을 두고, 내공의 사용도 최대한 자제하고는 있지만 강한 누군가와 겨룬다는 건 실로 매력적인 일이었다.

다만 하나 분한 것이 있다면 며칠째 계속 이어 오는 비무에서 언제나 자신이 밀리고 있다는 것이다. 허나 오히려 그런 부분에서 호승심이 일기도 했다.

자신이 주인이라 부르며 따르는 상대가 이토록 강하다는 것도 마음에 들었다.

시시한 놈에게 굽히고 싶지는 않았으니까.

좋아하는 단엽을 보며 백아린이 의아하다는 듯 물었다.

"수련에 미쳐 있다고? 왜 혹시 무슨 일 있었어?"

"요즘 들어 고민이 좀 있어 보이더라고. 무인이란 게 그렇잖아. 생각이 많아지면 몸을 움직여서 잊으려고 하는 거."

"그 고민이 뭔지는 모르고?"

"나야 모르지. 말을 안 해 주니까."

단엽이 어깨를 으쓱하며 대답했다.

백아린의 시선이 저절로 천무진이 있을 연무장으로 향했다. 애초에 도착하면 가장 먼저 자신이 없는 사이에 무슨 일이 있었는지 확인해 볼 생각이긴 했지만…….

백아린이 입을 열었다.

"부총관, 난 잠시 다녀올게."

"넵, 다녀오십쇼."

말과 함께 단엽을 곁눈질하며 실실 웃어 보이는 한천을 향해 백아린이 그 속내를 다 안다는 듯 짧게 말했다.

"술 마시려고 튀면 알아서 하고."

"……그럴 리가요."

자신의 머리 꼭대기 위에 있는 듯한 백아린의 눈치에 한천은 식겁한 듯 손사래를 쳤다.

그런 그를 슬쩍 흘겨보던 백아린은 이내 걸음을 옮겨 천무진이 있는 연무장을 향해 다가갔다.

연무장이 점점 가까워지자 건물 밖임에도 알 수 있을 정도로 커다란 기의 흐름이 느껴졌다. 그리고 안에서 울려 퍼지는 강렬한 소리까지도.

팡팡!

격렬한 소리를 들으며 백아린이 천천히 닫혀 있던 연무장의 문을 열었다.

드르륵.

천무진의 개인 연무장은 꽤나 컸다.

흘러드는 달빛에만 의지한 채로 천무진은 격렬하게 움직이고 있었다. 백아린이 나타난 걸 알았을 텐데도 불구하고 그는 펼치던 초식을 끝까지 이어 가고 있었다.

일반적으로 무공을 익히는 과정은 남에게 잘 보이지 않는다. 초식을 간파당하기 때문이다. 그렇지만 천무진은 딱히 초식을 펼치고 있는 것이 아니었기에 봐도 상관없다는 생각이었다.

그저 의식의 흐름에 몸을 맡긴 채로 움직이고 있는 중이었으니까.

백아린은 그런 천무진을 방해하고 싶지 않았는지 연무장의 벽에 기댄 채로 잠시 그의 검무(劍舞)를 바라보고만 있었다.

'……좋네.'

천무진의 실력이 얼마나 뛰어난지 잘 알고 있다.

그의 실력을 다 본 건 아니지만 사실 천룡성의 후계자라는 것 하나만으로도 이미 그가 얼마나 강한지는 가늠할 수 있다.

'나도 어디 가서 안 꿀리는데 말이야.'

적화신루의 루주 백아린.

이토록 젊은 나이에 그 자리에 오를 수 있었던 건 모두 그녀 스스로의 능력 덕분이었다.

사실 얼마 전까지만 해도 동년배에서는 자신의 적수가 없을 거라 자신하고 있었다.

그렇지만 천무진을 만났고, 소문으로만 들었던 단엽이라는 사내도 알게 됐다. 직접 본 둘 모두 하나같이 대단한 실력자들이었다.

무림이라는 곳은 그래서 재미있다.

생각지도 못한 일들이 벌어지기도 하니까.

이윽고 벽에 기댄 채로 바라보고 있던 천무진의 검무가 서서히 끝이 났다.

백아린이 짧게 박수를 치며 그를 향해 걸어갔다.

이미 있다는 사실을 알고 있었기에 슬쩍 백아린에게 시선을 줬던 천무진이 검을 거두며 입을 열었다.

"생각보다 일찍 왔군."

"죽어라 달렸거든요. 혹시 제 도움이 필요한 일이 있으실까 봐요."

주먹을 꽉 쥐고 열심히 달리는 시늉을 해 보이는 백아린의 모습에 천무진은 자신도 모르게 실소를 흘렸다.

그가 웃으며 말했다.

"뭐 하는 거야?"

"표정이 심각하셔서 좀 풀어 보려고요."

"그럴 계획이었으면 충분히 먹혔으니 이제 그만해도 돼."

한결 편안해진 목소리를 듣고는 백아린이 웃으며 뛰는 시늉을 멈췄다. 그러고는 이내 연무장 바닥에 팽개쳐져 있는 망가진 검들을 보며 말했다.

"무기들이 엉망이네요."

"평범한 검은 버텨 내지를 못하더라고."

"그럴 만하죠. 보통 무공은 아니더라고요."

일전에 사천당문의 당문추를 쓰러트릴 때 보였던 천무진의 충격적인 무공이 기억났는지 백아린이 말을 받았다.

"근데 이렇게 못 버텨서 어떻게 해요. 저희 쪽에서 괜찮은 검 하나 구해 드려요?"

"아니, 훈련용 말고 실전에서 쓸 만한 괜찮은 무기는 나도 몇 개 있으니 신경 쓰지 않아도 돼. 사실 가지고 싶은 무기가 하나 있긴 한데…… 구하진 못할 거야."

"뭔데요?"

백아린이 궁금하다는 듯 묻자 천무진이 답했다.

"천인혼."

"……칠신기의 천인혼이요?"

"맞아. 그거."

"보통 무기가 아니라고 들었는데요. 주인을 잡아먹는다는 소문까지 있던데……."

"그렇긴 한데 쓰기 나름이지. 뭘 모르는 놈들이 그런 소문을 내더군."

"뭐예요. 마치 써 본 적이 있기라도 한 것 같은 말투인데요."

재미있다는 듯 내뱉은 말이지만 천무진은 움찔했다.

고작 써 본 적이 있는 수준이 아니라 전생에서 수년 동안 옆에서 떼어 놓지 않았던 자신의 무기였으니까. 죽는 그 순간까지 함께했던 자신의 검.

무인에게 병기라는 건 단순한 쇠로 된 무기가 아니다. 어떨 때는 가족이고, 연인이며 그리움의 대상이 되기도 한다.

잠시 침묵하는 천무진을 향해 백아린이 말을 걸었다.

"그나저나 제가 없었을 때 별일은 없으셨어요?"

단엽에게 뭔가 일이 있는 것 같다는 말은 들었지만, 백아린은 모르는 척 물었다.

혹여나 천무진이 말하고 싶지 않아 한다면 캐묻고 싶지 않았기 때문이다.

천무진이 담담하게 입을 열었다.

"……있었지."

"무슨 일이요?"

감추려 했다면 모를까 오히려 순순히 대답하는 모양새를 보아하니 백아린은 그가 자신을 기다렸던 걸지도 모른다는 생각이 들었다.

그랬기에 던진 질문.

천무진이 답했다.

"우리가 찾는 그들이 날 찾아왔거든."

*   *   *

"……뭐라고요?"

생각지도 못한 말에 백아린이 되물었다.

찾아오다니? 자신이 찾는 그들이 직접 나타났다고?

놀란 그녀의 얼굴을 보며 천무진이 고개를 끄덕이며 재차 말했다.

"상상도 못 했는데 직접 나타나더군. 거기다 내가 누군지도 알고 있고."

"그들의 수장을 만난 건가요?"

"아니, 그건 아닌 것 같아. 꽤나 젊기도 했고 위에 누군 가가 있는 것 같은 말을 했거든."

"제가 자리를 비웠을 때 적화신루 쪽에 반조라는 자를 찾아 달라고 의뢰를 넣었다고는 들었는데 설마 그자인가 요?"

"맞아. 자기 이름도 말하더군."

"반조…… 들어 본 적이 없는 이름인데."

"그럴 것 같았어."

애초에 대놓고 이름을 말할 때부터 쉽사리 찾을 수 있는 존재가 아닐 거라는 건 예상했다.

사실 더욱 놀랄 일이 있긴 했지만 그건 백아린에게 말하 지 않았다. 자신이 두 번째 삶을 살고 있다는 사실을 그들 이 안다는 걸 그녀에게 어찌 이야기를 해야 할지 알 수 없 었으니까.

백아린이 천무진의 상태를 확인했다.

혼자 검무를 출 때 이미 보긴 했지만, 그들을 만났다는 사실에 재차 확인하게 된 것이다.

딱히 어딘가를 다친 것 같아 보이지는 않았고, 그랬기에 물었다.

"그냥 보내시진 않았을 거 같은데 어떻게 된 거죠?"

자신이 본 천무진은 찾고 있는 그들에 대해 꽤나 강경한 태도를 보여 왔다. 결코 그냥 보내 주지는 않았을 터, 그런데 그런 천무진이 제압하지 못하고 놓쳤다면 꽤 큰 싸움이었을 텐데 상태가 멀쩡하니 뭔가 이상하다는 생각이 들었던 것이다.

　백아린이 말하고자 하는 게 뭔지 알아차렸는지 천무진이 대답했다.

　"미리 도망칠 채비를 단단히 하고 나타났더군. 어떻게 손도 쓰기 전에 도망쳤어. 물 위에서 사라진 거라 도망친 흔적조차 남지 않았고."

　"물 위에서 도망이요?"

　백아린은 물 위에서 도망을 친다는 것이 얼마나 어려운 일인지 잘 알고 있었다. 최소한 물 위를 달리는 수상비 이상의 경지에는 올라야 가능한 일이었으니까.

　그만큼 뛰어나지 않고서는 불가능한 일.

　'대체 그들은 무슨 생각이지?'

　얼마 전까지만 해도 존재 자체를 몰랐던 이들이다.

　허나 그들이라는 존재를 알게 된 이후 백아린은 놀람의 연속이었다. 구파일방과 무림맹, 그리고 아마도 사파와 마교 깊숙이까지 박혀 있을 이들의 존재에 대한 놀라움이었다.

이토록 광범위하게 퍼져 있는 이들의 존재를 적화신루는 왜 아직까지 알지 못했을까?

아니, 비단 적화신루뿐만이 아닐 것이다.

역시나 정보를 취급하는 개방이나 하오문, 귀문곡조차도 이들에 대해 파악하지 못하고 있을 거라는 확신이 있었다. 이들 중 누군가가 그들과 연관이 되어 있는 것이 아니라면 말이다.

이토록 비밀스럽게 움직이던 자들이 천무진의 앞에 직접 모습을 드러냈단다.

대체 어떠한 연유에서?

그것이 궁금했기에 백아린이 물었다.

"그들이 왜 당신 앞에 나타난 거죠?"

"경고를 하더군. 얌전히 있으라고. 자신들의 일을 더는 방해하지 말라면서 말이야."

"그리고요?"

"나머진 크게 없었어. 아, 하나 더 알게 된 사실이 있는데 그들은 날 죽일 생각이 없다는 거야."

자신들의 일을 방해하지 말라는 것까지는 그러려니 했다. 그런데 이어진 천무진의 말은 의아할 수밖에 없었다.

그녀가 질문을 던졌다.

"왜요?"

"나야 모르지. 다만…… 내가 필요하다는 듯한 말투더 군."

"아, 모르겠네."

백아린은 답답했는지 머리를 부둥켜안았다.

얼마 전 단엽을 기습한 사건으로 인해 그들이 자신들의 존재를 눈치채고 있는 건 이미 어느 정도 예상했던 일이다.

그랬기에 비밀 문파, 천룡성의 인물인 천무진을 찾아간 것까지는 이해가 됐다.

그런데 왜 그런 그들에게 천무진이 필요한 걸까?

오히려 방해만 되는 지금 말이다.

그리고 굳이 자신들의 모습을 드러내면서까지 그런 말을 한 이유를 모르겠다. 물론 이 부분은 천무진이 자신이 환생을 했다는 사실을 백아린에게 감추고 있기에 풀 수 없는 문제기도 했다.

잠시 머리를 쥐어짜던 백아린은 도저히 모르겠는지 이내 다른 쪽으로 이야기를 바꿨다.

"그래서 앞으로 어쩌실 생각이에요?"

"어쩌긴. 그만 까불고 얌전히 있으라는데…… 더 날뛰어 줘야지."

애초에 그 말을 들어줄 생각은 눈곱만큼도 없었다.

숨죽이고 지내다 다시금 전생처럼 비참한 인생을 반복하

고 싶지는 않았으니까.

천무진의 말에 백아린 또한 고개를 끄덕이며 말했다.

"그자들이 갑자기 나타나는 바람에 머리는 복잡해졌지만, 덕분에 적어도 하나는 확신하게 됐네요. 이렇게 나타난 걸 보면 최소한 저희의 움직임이 그들을 귀찮게 만들기는 했다는 소리가 되니까요."

"나도 같은 생각이야."

천무진 또한 그날 이후 비슷한 생각을 몇 번 했었기에, 백아린의 말을 들으며 동조의 뜻을 내비쳤다.

그녀가 다시금 질문을 던졌다.

"어떤 방향으로 일을 진행하실 생각이에요? 사천당문에서는 아직 뭔가 추가적인 단서를 얻지 못했다고 들었어요."

당문추를 잡아냈지만, 그는 자신들이 찾는 그들의 존재에 관해서는 딱히 뭔가를 발설하지 않았다고 들었다.

침묵하는 것인지, 아니면 아는 것이 정말 거기까지인지 모르겠지만 말이다.

"몇 가지 고민이 있긴 한데……."

전생에 자신이 벌였던 일들을 되짚어갈 수도 있었고, 잡아 놓은 양휴를 통해 양가장을 조금 더 들쑤시는 것도 염두하고 있는 방법 중 하나다.

천무진이 백아린에게 물었다.

"아직 그 돌에 대해서는 알아내지 못했지?"

"아쉽게도요. 전력을 다하고 있긴 한데 예상대로 너무 단서가 적어요."

홍천관 창고에 감춰져 있던 의문스러운 돌.

그 돌이 뭔지를 찾아내기 위해 적화신루는 백방으로 움직이고 있었지만 아직까지는 뭔가를 찾아내지 못한 상황이었다.

돌에 대한 단서를 아직 찾지 못했다는 말에 천무진의 얼굴에 아쉬움이 감돌 때였다.

백아린이 입을 열었다.

"돌에 대해서는 아직 오리무중이지만 대신 다른 것에 대한 단서를 하나 얻어 왔어요."

"뭔데?"

"고아들에 대한 의뢰를 넣었던 거 기억나죠?"

"설마 뭘 찾은 거야?"

"네, 아주 어렵게 찾아냈더라고요."

천무진의 질문에 그녀가 고개를 끄덕이며 답했다.

관주 금호의 비밀 거처에서 찾아낸 장부, 그곳에 적혀 있던 실종된 고아들에 대한 것이었다. 십오 년 정도를 기한으로 해서 대량으로 실종된 그들에 대한 정보를 찾아오겠다고 했던 백아린이다.

그리고 적화신루의 총회를 다녀오며 그것에 대한 단서를 얻어 왔다.

아무래도 고아는 찾는 이들도 없고, 또 실종된다고 해서 관아에 고하는 경우도 별로 없어서 그걸 조사하는 것 또한 그리 간단하지 않았다. 더군다나 조사를 하는 시기가 십오 년 전부터였으니 그 또한 너무 옛날이라 더더욱 정보를 구하는 건 어려웠다.

허나 적화신루는 천무진의 그 의뢰를 성사시키기 위해 많은 인원과 정보력을 동원했고, 덕분에 중요한 단서를 찾을 수 있었다.

백아린이 말했다.

"실종된 아이들의 일부가 광서성 합포(合浦)에서 발견된 기록이 있었어요. 물론 다른 곳에서도 그런 정보가 있었지만, 이곳이 가장 의심스러워요. 감숙이나 청해, 하북 같은 광서성과 반대편에 위치한 지역에서 실종된 아이들이 그곳에 나타난 건 의심할 수밖에 없는 일이죠. 어린아이가 혼자 이동할 수 있는 거리가 아니니까요."

힘없고, 돈 없는 아이 혼자서 그리 먼 길을 가는 건 불가능에 가깝다. 거기다가 합포 인근에서 유달리 실종된 아이들과 비슷한 이들의 목격담이 있는 건 결코 우연은 아닐 것이다.

긴말을 내뱉은 백아린이 잠시 말을 멈췄다가 이내 어렵사리 말을 이었다.

"그런데…… 찾다 보니 또 하나 발견한 게 있어요. 최근 합포에서 다른 지역에서 실종된 어린아이와 비슷한 얼굴을 한 누군가를 본 적이 있다는 정보가 들어왔어요."

지금 백아린이 한 말의 의미는 간단했다.

아직까지도 고아들의 납치가 성행하고 있다는 뜻이다.

방건에게도 했던 것처럼 사람의 정신을 이상하게 만드는 독의 실험 재료로 쓰기 위해서. 그리고 그 이후에 아이들이 어떻게 됐을지는 불 보듯 뻔했다.

무인인 방건조차도 피를 토하며 죽어 나가던 독이다.

그런 독을 어린아이에게 사용했다면 어찌 멀쩡할 수 있겠는가.

아마도 싸늘한 시체가 되어 불에 태워졌거나, 대충 어딘가에 버려져 동물의 먹이나 되었을 게다.

"개자식들이……."

천무진의 입에서 욕설이 터져 나왔다.

그들은 인두겁을 쓴 괴물들이다.

결코 용서할 수 없는 그런 악인들.

천무진이 짧게 말했다.

"뭐해? 확실하면 바로 움직이지."

당장에 광서성 합포로 움직이자고 말하는 천무진을 향해 백아린이 제안했다.

"급한 건 알지만 이 일은 저희끼리 해결하고 말고 할 문제가 아닌 것 같아요."

"그러면?"

"아마 이 일에 얽힌 이들이 분명 있을 거예요. 처리해야 할 일들도 상당히 많을 수 있고요. 그냥 단순하게 저희끼리 움직이면 당장의 피해는 막을 수 있을지 몰라도 결국 더 큰 일이 벌어질 수도 있어요."

지금 천무진은 천룡성의 무인으로 정체를 숨기고 움직이는 중이었다.

그렇지만 이 일은 그래선 안 됐다.

음지에 묻어 둬서는 안 될, 세상 밖으로 꺼내 다시금 벌어지지 않게 방비해야 할 그런 일이었다.

그러기 위해서는 세상에 이 같은 일에 대해 확실하게 알릴 조력자가 필요했다.

그녀를 바라보고 있는 천무진을 향해 백아린이 자신의 생각을 밝혔다.

"무림맹을 움직여야 해요."

　　　　＊　　　　＊　　　　＊

　휘장 안의 사내는 손에 들린 종이를 물끄러미 바라보고
있었다.

　그의 비틀린 입꼬리에서 재미있다는 듯 흥미를 담은 소
리가 흘러나왔다.

　"흐음."

　종이에 적혀 있는 건 다름 아닌 천무진 일행에 대한 분류
표였다. 그들의 능력치를 수화 하고, 주의할 점 정도를 정
리해 둔 보고서라 봐야 했다.

　보고서의 내용은 이러했다.

천무진

　무공 등급 ― 얼마 전까지 사(四) 급으로 파악
되었었으나 삼(三) 급으로 정정.

　특이 사항 ― 천룡성의 후예. 최근 상황으로 추
측건대 위험 등급으로 분류 요망. 현재 두 번째
목숨으로 파악됨.

단엽

　무공 등급 ― 사(四) 급.

특이 사항 — 대홍련의 부련주, 최악의 경우 련
주와 대홍련 자체가 그를 돕기 위해 움직일 가능
성이 농후함. 불안 요소. 제거 대상.

구마대의 암살 실패 이유 파악 불가. 추후 조사
를 통해 구마대의 궤멸이 단신으로 이뤄 낸 일이
라면 무공 등급 상향 조절 가능성 있음.

백아린

무공 등급 — 육(六) 급.

특이 사항 — 적화신루 루주의 총애를 받는 총
관. 적화신루 내에서 능력을 인정받아 나이에 어
울리지 않게 꽤나 빠르게 총관직에 오름.

전투 정보가 많지 않아 정확한 파악은 불가능
하나, 절정고수 수준으로 보임. 머리가 비상한 것
으로 추측됨. 현재 천무진의 두뇌로 움직이고 있
으며, 많은 부분에서 도움을 주고 있음.

조사 후 제거 대상으로 분류 가능성 있음.

한천

무공 등급 — 칠(七) 급.

특이 사항 — 적화신루 부총관. 과거 불분명.

변방의 이름 없는 무관에서 무공을 익혔을 가능성 농후. 오른손이 다소 불편해 보임. 술을 좋아함. 그 밖에 특이 사항 없음.

이들의 분류표는 간단했다.

우선적으로 무공의 단계는 최상(最上)부터 하하(下下) 등급까지 도합 열 개로 나눈다. 그리고 위에서 일부터 십까지 숫자로 그 등급을 간략하게 표시한다.

한마디로 가장 높은 등급이 일(一), 낮은 것이 십(十)이라는 소리다.

개중에 한천이 받은 칠(七) 등급은 일류 정도의 무인을 뜻하는 수치였다. 백아린의 등급인 육(六)은 절정의 경지에 오른 무인을 뜻했다.

강호를 떵떵 울리는 최고 고수들인 우내이십일성 중에서도 빼어난 몇 명만이 삼(三) 급이었고, 나머지는 사(四) 급 정도로 나눈다. 한마디로 천무진은 우내이십일성 중 상위권에 위치한 정도의 수준이고, 단엽은 그들 중 하위권에 있는 이들의 무력을 지녔다는 결론을 내렸다는 거다.

윗 단계로 갈수록 구분이 세분화되지만, 그에 반해 아래로 갈수록 크게 묶어서 분류하는 경향이 있다. 그만큼 중요하지 않기 때문이다.

가장 아래인 하하 등급인 십은 무공을 모르는 일반인이나, 갓 배우기 시작한 초심자 정도를 뜻한다.

구는 삼류, 팔은 이류의 무인을 묶어서 분류하는 단계다.

그리고 가장 강한 일(一) 급에 분류되고 있는 이는 최상이라는 말에 어울리게 단 한 명만이 자리할 수 있었다.

그 자리의 주인.

그는 바로 천운백(天雲佰)이다.

천무진의 스승이자, 천룡성의 진정한 주인인 그만이 오직 일급으로 분류되고 있었다. 그 사실이 휘장 안에 있는 자는 못내 마음에 들지 않았다.

허나 인정할 건 인정해야 했다.

그가 세상에서 가장 강한 사람이라는 걸.

분류표를 읽은 휘장 안쪽의 사내가 비웃음을 흘렸다.

"고작 이런 놈들을 데리고 우리와 대적하겠다 이건가?"

단엽은 그렇다 쳐도 나머지 두 사람이 문제다.

백아린은 육 급, 한천은 칠 급.

물론 일류나, 절정고수의 경지에 오르는 것도 대단한 일이었지만 이곳에 있는 그에겐 '고작'에 불과한 수준이었다.

하지만 보고서를 다 봤음에도 불구하고 그는 의아함을 지우기가 어려웠다.

정말로 겨우 이 정도 수준의 무인들을 데리고 여태 그 같은 일을 벌였다는 건가?

허나 이 둘의 정체가 적화신루의 사람들이라면 이것보다 높은 등급일 거라는 것이 더 우습다. 고작 총관과 부총관일 뿐이다.

자신들이 정리한 보고서에 적힌 대로 육 급과 칠 급이 맞을 게다.

그는 그다지 능력이 빼어나지 않은 두 사람을 머리에서 지웠다.

휘장 속의 인물이 수하에게 물었다.

"이들 말고 다른 조력자는 누구지?"

"무림맹에 그리 쉽게 들어가고 정체를 감춘 채 활동까지 하는 걸 보면 아무래도 무림맹주가 돕고 있을 공산이 큰 걸로 파악됩니다."

"맹주라……."

무림맹주라면 단엽 이상으로 번거로운 자다.

그렇지만 한편으로는 다행인 점은 그가 쉽사리 움직이기 어렵다는 거다.

맹 내에서도 맹주인 추자후를 견제하는 이들이 많고, 애초에 무림맹이라는 단체 자체가 독단적으로는 일을 처리하기에 어려운 구조를 지니고 있다.

허나 그렇다고 해서 그냥 두고 볼 수만은 없는 일.

추자후의 이름을 머리에 떠올리던 그를 향해 수하가 물었다.

"그런데 천무진이 과연 저희의 경고대로 얌전히 있겠습니까?"

질문에 그가 피식 웃음을 흘리며 대꾸했다.

"그럴 리가 있겠느냐. 천무진 그놈은 천운백의 제자야. 그리 호락호락할 리가 없지. 허나 어차피 얌전히 있게 하려고 사람을 보냈던 것이 아니니 상관없다. 우리가 알아야 할 건 이미 알았으니까."

그는 말을 마치며 보고서의 한 곳을 바라봤다.

천무진에 관련된 정보, 그리고 그곳에 적힌 두 번째 목숨으로 파악된다는 대목.

바로 이걸 알기 위해 십천야의 일원인 반조를 보냈다.

보고서를 바라보던 그가 입을 열었다.

"삼 급…… 이 녀석 생각보다 제법이구나."

천무진의 무위가 예상을 훨씬 웃도는 수준이었다.

기껏해야 사 급 정도가 아닐까 싶었는데 그보다 한 단계 위의 실력이었을 줄이야. 겨우 이십 대의 나이에 이처럼 고강한 경지에 오르다니, 실로 대단한 재능이지 않은가.

가만히 보고서를 바라보는 자신의 상관을 향해 수하가 물었다.

"더 시키실 일은 없으십니까?"

"무림맹 쪽에 심어 둔 녀석들에게 조만간 움직일 채비를 해 놓으라고 전해."

수하가 가만히 휘장 속 그림자를 바라보고 있었고, 그자의 목소리가 다시금 흘러나왔다.

"슬슬 무림맹주를 바꿔야 할 것 같아서 말이야."

4장. 별동대 —
보고 올리겠습니다

　무림맹 총군사 위지겸의 집무실.

　이곳을 천무진과 백아린이 직접 찾아오는 경우는 무척이나 드물었다. 서찰을 통해 원하는 것들을 전달하거나, 외부에서 만나는 경우가 대부분이었다.

　물론 백아린이 직접 위지겸의 집무실에 온 적은 있었지만, 그때도 사전에 연락을 하고 나타났었다.

　그랬기에 위지겸은 지금 이 상황이 참으로 놀라웠다.

　지금처럼 이렇게 연락도 없이, 그것도 두 사람이 같이 집무실에 나타난 건 이번이 처음이었으니까.

　갑작스럽게 입구를 지키는 무인을 통해 손님이 찾아왔다

는 연락을 받았다. 미리 약조가 된 자리가 아니었기에 바쁘다며 돌려보내려던 찰나, 수하에게서 건네받은 증표를 보고 찾아온 이들이 다름 아닌 천룡성과 관련된 이들이라는 걸 알았다.

그랬기에 은밀히 바깥에 있는 두 사람을 다른 이들의 눈에 띄지 않게 들어오게끔 했고, 그렇게 지금 천무진과 백아린이 이곳 집무실에 나타나게 된 것이다.

자리에 앉은 천무진이 먼저 인사를 건넸다.

"오랜만에 뵙는군요."

"얼굴 잊어 먹겠습니다. 총관님처럼 종종 얼굴도 비치고 하시죠."

"제가 나타나면 오히려 곤란하실 텐데요."

천무진도 자신의 정체를 숨기고 있고, 마찬가지로 무림맹주 쪽에서도 반대파의 견제를 피해 지금 이들을 돕고 있는 걸 비밀로 하고 있었다.

서로가 서로를 위해 조심해 주는 것이 나쁘지 않은 상황.

천무진의 말에 애매한 표정을 지으며 답하지 않은 그가 이야기를 다른 쪽으로 넘겨 질문을 던졌다.

"그나저나 이렇게 이른 시각에 두 분이 무슨 일이십니까? 아침 식사라도 같이하자고 오신 것들은 아니실 테고."

아직 해도 채 뜨지 않은 시간이다.

자리에서 막 일어나 집무실에 오기 무섭게 두 사람이 찾아왔고, 이토록 다급하게 움직인 걸 보아하니 뭔가 또 일이 벌어지고 있다는 걸 직감할 수 있었다.

위지겸의 질문에 백아린이 답했다.

"도움이 필요해서요."

그녀의 말에 위지겸이 고개를 갸웃했다. 평상시에도 서찰을 통해 도움을 요청했었고, 자신의 기억으로는 아직까지 그 청들 중에 거절한 건 없었다.

그랬기에 물었다.

"서찰로 해 주셔도 될 걸 왜 굳이……."

말을 내뱉던 위지겸은 천무진과 백아린의 표정을 보며 이내 알 수 있었다.

서찰로 전할 만큼 간단한 이야기가 아니라는 사실을.

웃음기 가득했던 위지겸의 얼굴이 순식간에 진지하게 변했다.

그가 말했다.

"말씀하시죠."

"이번에 저희가 빌리고자 하는 건 맹주님의 힘이나, 총군사님의 힘 정도가 아니에요."

"그럼 뭘 원하십니까?"

"무림맹이 공식적으로 직접 나서 주셔야 할 일이에요."

"그건…… 힘듭니다. 죄송하지만 못 들은 걸로 하겠습니다."

맹주나 총군사인 자신이 사적인 힘을 움직이는 것과 무림맹이 공식적으로 나서는 건 다르다. 비밀리에 진행할 수 없을뿐더러, 개인의 일을 돕기 위해 무림맹의 힘을 사용한다는 것이 알려지면 큰 분란을 일으키게 될 것이다.

힘들다는 위지겸의 말에 백아린은 전혀 흔들리지 않았다. 애초부터 예상하고 있었던 부분이니까. 상황이 상황이니 만큼 공식적으로 나서야 한다면 당연히 거절부터 할 거라는 건 알고 있었다.

허나 백아린은 할 말이 있었다.

지금 자신들이 부탁하려고 하는 건 비단 천룡성만을 위한 것이 아니었으니까.

그녀가 말했다.

"제 말을 들으시면 생각이 바뀌실걸요. 이건 움직이지 않으실 수 없는 일이니까요."

확신에 찬 백아린의 말에 멈칫한 위지겸이 잠깐 침묵하다 물었다.

"그 움직이지 않을 수 없다는 일이 뭡니까?"

"저희가 어떤 모종의 세력을 쫓는다는 건 알고 계시죠?"

"예, 압니다."

그들이 누군지는 모르지만 천룡성이 뒤쫓고 있다는 건 곧 세상을 시끄럽게 만들 수 있는 위험한 자들이라는 뜻이기도 했다. 그랬기에 천도의 맹약을 떠나 그들을 도왔던 맹주와 위지겸이다.

백아린이 말했다.

"그들을 쫓다가 놀라운 사실을 하나 알게 됐어요. 그들이 부모를 잃은 고아들을 납치한다는 걸요."

"납치요?"

위지겸이 떨떠름한 얼굴로 되물었다.

납치라니? 부모를 잃은 그 불쌍한 어린아이들을 납치해서 무엇을 한단 말인가?

백아린이 고개를 끄덕이며 재차 말했다.

"네. 그리고 그들은 고아들을 자신들이 만드는 독을 실험하는 데 사용하고 있고요."

"그 무슨……!"

믿을 수 없는 말에 위지겸은 자신도 모르게 주먹을 불끈 말아 쥔 채로 벌떡 일어났다. 그는 이내 들끓는 감정을 힘겹게 추스르며 물었다.

"……납치된 아이들의 숫자가 얼마쯤 됩니까?"

"장부에 적힌 것만 봐도 십몇 년 정도가 쌓인 기록이긴 하지만 수천 명 이상이었어요. 만약 우리가 알아낸 곳 말고도 또 다른 장소가 있다면 그 숫자는 곱절 이상이 될지도 모르죠."

최소 수천에서 몇 만이 될지도 모르는 고아들의 실종.

한마디로 대략 일 년에 천 명 이상의 아이들이 납치됐다는 말이었다. 그것도 잔혹한 실험의 대상으로 쓰이기 위해서 말이다.

숫자가 적었다고 해도 그냥 좌시할 수 없는 일이다. 그런데 그 숫자가 수천에서 수만이 될지도 모른다니…… 실로 충격적인 말이 아닐 수 없었다.

털썩.

화가 나서 자리를 박차고 일어났던 그가 이번에는 오히려 다리에 힘이 풀린 것처럼 주저앉아 버렸다. 의자에 기댄 채로 그는 한참을 아무런 말도 하지 못했다.

머리가 복잡했고, 화가 치밀었다.

위지겸은 냉정하기 위해 애썼다.

이런 때일수록 총군사인 자신이 침착해야 한다 여겼기 때문이다.

그랬기에 그는 최대한 무미건조한 목소리로 물었다.

"저희에게 원하시는 게 뭡니까?"

"저희와 함께 움직여 줄 이들이 필요해요. 숫자는 꽤 있었으면 좋겠어요. 공식적인 임무고요."

"그들을 찾아서 일망타진할 별동대를 원하시는 겁니까?"

"네, 정확히 말하자면 신원이 확실한 이들의 눈이 필요해요. 그들의 거점으로 의심되는 곳은 이미 발견했어요. 하지만 저희만 움직이는 건 급한 불을 끄는 용도밖에 되지 않아요."

잠시 숨을 돌린 백아린은 별동대를 조직해서 움직여야 하는 이유를 계속해서 설명해 나갔다.

"이 일이 세상에 알려져야 하고, 그렇게 해서 다시는 이런 말도 안 되는 상황이 벌어지지 않도록 만들어야 해요. 그러려면 인원이 좀 있어야 증거를 찾고, 확실하게 뿌리를 뽑기에도 훨씬 용이하고요."

"……한마디로 무림맹의 이름으로 그들을 찾아내서 벌하고, 세상에 이 같은 이들이 있다는 걸 알리시겠다는 말이군요."

"네, 맞아요."

백아린의 말을 들으며 위지겸은 많은 생각을 했다. 지금 그녀의 말은 타당한 이야기들이었다.

정말로 거점이 한 군데뿐이라면 모를까 다른 어딘가가 또 있다면 그곳을 찾기 위해서는 다른 무인들도 움직여야 한다.

그 모든 일을 천룡성과 백아린 일행 몇 명이 해낼 수는 없는 노릇이기 때문이다.

한마디로 이 일을 크게 벌여서 무림맹의 이름으로 해결을 해야 한다는 말이었고, 약자를 돕고 불의와 싸운다는 그 명분 자체가 무림맹의 설립 취지와도 들어맞았다.

백아린의 말대로 이것은 무림맹이 전면에 나서야 할 일.

그가 물었다.

"의심되는 장소가 어딥니까?"

"광서성이에요. 그런데 별동대가 움직일 때 그곳으로 간다고 하면 그들이 눈치를 챌 수도 있어요. 시선을 속일 뭔가가 필요해요."

"……."

위지겸의 머리로 많은 생각들이 스쳐 갔다.

별동대의 구성부터 해서, 그들의 이목을 속일 수 있는 방법까지.

사실 애초부터 하나의 단체를 뚝 떼서 별동대로 파견할 수도 있다. 그렇지만 그건 지금 상황에 맞지 않다.

이미 있는 하나의 단체에 천무진과 백아린 둘을 갑자기 투입한다는 것 자체가 뭔가 의심스러울 수밖에 없었으니까. 그렇다면 아예 처음부터 사람들을 뒤섞어 하나의 별동대를 구성해야 한다는 것인데…….

허나 위지겸은 고민을 접었다.

지금 당장은 그보다 더욱 중요한 일이 있었으니까.

위지겸은 자신을 응시하고 있는 두 명을 바라봤다.

천무진과 백아린은 그의 대답을 기다리며 자리하고 있었다.

위지겸이 이내 입을 열었다.

"별동대 건을 맹주님께 바로 보고 올리겠습니다."

*　　　*　　　*

이지강(李志崗).

무림맹 소속이자 점창파에서 세 손가락 안에 드는 고수로 쾌검의 달인이다.

오십의 나이로 한창 정정한 그는 날렵한 쾌검을 구사하는 것과 어울리게 다소 마른 체형에, 날카로운 인상을 풍기는 사내였다.

맹주파의 사람이기도 한 그는 지금 연락을 받고 어딘가로 향하는 중이었다.

이지강에게 갑작스레 날아든 맹주의 명령.

그 명령은 다름 아닌 일정에 맞춰 운남성으로 떠날 채비를 하라는 것이었다.

원래 예정되어 있었던 것이었기에 그 연락은 그리 대수로운 건 아니었다.

새외 세력으로 인해 분쟁이 잦아진 운남성으로 무림맹은 몇 차례 병력을 파견하곤 했다. 그랬기에 지금처럼 무인들을 꾸려 나가는 건 특별한 일이 아니었다.

다만 이상한 건 이번 일정에 동행할 병력에 관해서는 아직 뽑지 말고 함구하라는 것과 밤 시간에 따로 자리를 마련해 뒀다는 점이다.

떠나는 자신을 위한 송별회라고 하기에는 뭔가 너무 은밀한 만남이었기에 이지강은 이상하다고 생각하면서도 약속 장소로 향하고 있었다.

무림맹 내부에 있는 자그마한 장소.

그곳을 가는 길은 밤이 늦었다고는 하지만 그 누구의 그림자도 보이지 않았다.

그랬기에 이지강은 직감할 수 있었다.

'맹주님께서 손을 쓰신 모양이로군.'

맹주가 오늘 이 만남을 다른 이들에게 드러내지 않고 싶어 한다는 걸 이지강은 단번에 알아차렸다.

도대체 무슨 일인가 궁금해하면서 그는 빠르게 약속 장소로 나아갔다. 그리고 이내 그렇게 도착한 곳에는 먼저 와서 기다리고 있는 두 명의 사내가 있었다.

한 명은 총군사 위지겸이었고, 나머지 인물은 바로 무림맹의 맹주인 추자후였다.

내부로 들어선 이지강은 곧바로 추자후를 향해 예를 갖췄다. 한쪽 무릎을 꿇으며 그가 절도 있는 인사를 건넸다.

"맹주님께 인사드립니다."

"거참, 사람도. 아무도 없는데 뭘 그리 깍듯이 하는가. 적당히 좀 하라니까."

추자후의 말에 자리에서 일어난 그가 딱 부러지게 말했다.

"그럴 순 없지요. 전 앞에서나 뒤에서나 똑같은 걸 좋아합니다."

무척이나 예의가 바른 성격답게 오랫동안 추자후를 모셨음에도 불구하고 그는 단 한 번도 예의에 어긋나는 행동을 하지 않았다.

그리고 그런 이지강을 추자후 또한 무척이나 아꼈다.

빈 의자로 다가온 그가 자리에 앉아서 물었다.

"그런데 이 늦은 시간에 어쩐 일로 오라고 하신 겁니까? 그리고 운남성으로 갈 인원은 왜 뽑지 말고 대기를 하라는 건지 모르겠습니다. 제 수하들 위주로 하면 금방 정리가 될 텐데요."

"자네 수하들은 남쪽 지리에 능통하지 않은가. 그래서 안 되네. 거기다가 이번엔 좀 여러 무리들이 뒤섞여서 움직여야 하는 상황이기도 하고."

"……그게 무슨 말씀이십니까?"

운남성으로 가는데 남쪽 지리에 능숙해서 안 된다니. 그의 질문에 추자후가 말을 이었다.

"대내외적으로 이번에 출발하는 이들은 평소처럼 운남성의 분쟁 지역을 도우러 가는 걸로 되어 있지만 사실 우리의 목적지는 그곳이 아닐세. 바로 광서성이지."

광서성은 운남 바로 옆에 붙어 있는 지역이다.

거리상으로 그렇게 큰 차이가 나는 건 아니었지만 그래도 의아할 수밖에 없었다. 왜 지금 굳이 광서성으로 병력을 움직인단 말인가?

알 수 없다는 듯한 표정을 짓고 있는 이지강에게 추자후가 말을 이었다.

"자네가 해야 할 일은 운남으로 가는 척하면서 교묘하게 광서성으로 방향을 틀어 움직이는 일일세. 그리고 그 사실이 최대한 늦게까지 드러나지 않도록 잘 조절해야 하네."

"제가 해야 하는 일이 뭡니까?"

이지강은 추자후를 믿었다.

그랬기에 왜 그래야 하느냐는 질문보다, 무엇을 해야 하냐는 질문을 던진 것이다.

그의 물음에 추자후가 막 답을 내리려고 할 때였다.

갑자기 들려오는 발걸음 소리와 함께 뒤편에 닫혀 있던

문이 열렸다.

그리고 이윽고 바깥에서 누군가가 걸어 들어왔다.

자리에 앉아 있던 이지강이 의자를 박차고 일어났다.

"누구냐?"

말과 함께 이지강이 슬그머니 검으로 손을 가져다 댔다. 대답 여부에 따라 당장이라도 검을 뽑아 상대를 베기라도 할 것 같은 기세였다.

순간 추자후가 손을 들어 그를 저지했다.

"그만하게."

문 너머에서 모습을 드러낸 건 처음 보는 젊은 사내였다. 전혀 본 적이 없는 이였기에 이지강은 계속해서 방심의 끈을 놓지 않았다.

그가 물었다.

"맹주님의 손님이십니까?"

이지강의 질문에 추자후가 짧게 답했다.

"천룡성에서 오신 분일세."

그 한마디에 검을 잡고 있던 이지강의 눈동자가 화등잔만 하게 커졌다.

무림에 몸담은 이에게 천룡성이라는 이름이 가지는 힘은 그만큼 강렬했다.

자리에 앉은 이지강은 맞은편에 위치한 천무진을 힐끔힐끔 바라봤다.

한번 보면 쉬이 잊기 힘들 정도로 준수한 외모, 그렇지만 젊은 나이 때문인지 전설로 알려져 있는 천룡성의 인물이라는 것이 왠지 모르게 낯설게 느껴졌다.

그런 이지강의 시선을 느껴서일까?

천무진이 입을 열었다.

"천룡성의 인물이라는 게 안 믿어지십니까?"

"아뇨, 맹주님이 보증하시는데 당연히 진실이겠지요. 다만…… 생각했던 것과 많이 달라서 조금 놀란 것뿐입니다."

이지강이 화들짝 놀란 듯 손사래를 치며 둘러댔다.

평소 날카롭고 딱 부러지는 성격을 지닌 그조차도 전설의 문파, 천룡성의 무인인 천무진과의 첫 대면은 무척이나 어려웠다.

그만큼 천룡성이라는 이름이 주는 무게감이 컸기 때문이다.

이지강의 시선이 맹주인 추자후에게로 향했다.

갑작스러운 비밀 만남, 그리고 여태까지와는 다른 별동

대의 구성과 임무까지. 그 모든 것들이 이곳에 자리한 천무진 때문이라는 걸 이지강은 짐작할 수 있었다.

'천룡성이 움직였다는 말은 뭔가 일이 벌어지고 있다는 것인데…….'

예로부터 천룡성은 무림에 중대사가 벌어지려고 할 때에만 모습을 드러냈다. 그런 그들이 나타났고, 운남이 아닌 광서성으로 움직일 별동대를 구성하는 걸 보아하니 뭔가 자신이 모르는 일이 벌어지려고 하는 것이 분명했다.

이지강이 추자후에게 물었다.

"이번 별동대의 구성 이유가 천룡성 때문입니까?"

"천룡성의 부탁이 있긴 했지만, 그것 때문만은 아닐세. 이 일이 무림맹의 입장으로도 그냥 두고 볼 수만은 없다는 판단이 섰기에 내린 결정이네."

"무슨 일인지 여쭈어도 되겠습니까?"

이유를 말해 주지 않는다 해도 이지강은 맹주인 추자후의 명령이라면 따를 것이다. 그는 그만큼 충성스러운 인물이었으니까.

그런 이지강의 성정을 알기에 이번 일의 적임자로 그를 내세운 것이기도 했다.

추자후는 숨기지 않고 답했다.

"고아들이 실종되고 있네."

"그런 경우는 원래 종종 있는 일 아닙니까? 멀리에 있는 혈육을 찾아서 가기도 하고……."

"수천 명일세."

"……예?"

"파악된 것만 수천 명이라고. 어쩌면 그 숫자는 수만이 될 수도 있고."

"정말 그렇게 많은 아이들이 사라졌다는 겁니까?"

"그렇다네. 그리고 그 단서를 천룡성에서 가지고 온 것이고."

이지강의 시선이 천무진에게로 향했다. 그러자 그는 가만히 고개를 끄덕였다.

몇 년 동안 사라진 수천의 고아들.

넓디넓은 중원 땅에서 벌어진 일이라고는 하지만 분명 무시할 수 없는 수치다.

이야기를 들을수록 이지강의 표정은 심각해졌다.

생각보다 훨씬 중대한 일이라는 판단이 들었기 때문이다.

잠시 침묵하던 그가 물었다.

"별동대를 어떤 식으로 구성하면 됩니까?"

"이거 받으시죠."

천무진은 가지고 있던 서찰 하나를 내밀었다. 서찰을 받아 든 이지강은 안에 적힌 내용을 살펴봤다.

내용이라고 해 봤자 아주 짧았기에 확인하는 데는 오랜 시간이 걸리지 않았다.

그 안에는 백아린과 한천, 그리고 천무진 본인의 이름이 적혀 있었다.

서찰의 내용을 모두 읽는 걸 확인한 천무진이 말을 이었다.

"서찰에 적힌 셋에, 길잡이로 저희 쪽 사람 하나를 심을 생각입니다. 그 넷을 제외하고는 평소처럼 구성하시면 됩니다."

"말했다시피 새외 세력의 상황을 파악하기 위해 운남성으로 가는 시늉을 해야 하는 걸 잊지 말게. 동행하는 이들도 속일 수 있도록 그쪽 지역에 사는 이들은 배제해서 인원을 짜되, 최대한 여러 곳에서 인원을 차출하여 평소와 전혀 다름없는 모습으로 보이도록 해야 하고."

추자후의 말을 들은 이지강은 이해가 안 간다는 듯 물었다.

"대외적으로 감추고 움직이는 건 이해가 갑니다. 그런데 굳이 별동대의 구성원들에게까지 내용을 감춰야 하는 이유가 뭡니까?"

"그건……."

추자후가 슬쩍 천무진을 바라봤고, 그가 대신하여 입을 열었다.

"별동대의 인원들 중에서도 그 일과 관련된 자가 있을 수 있으니까요."

"말도 안 됩니다. 별동대를 구성할 이들은 무림맹 소속의 무인입니다. 그들이 그런 악독한 일에 연루되었을 리가 없지 않습니까."

무림맹 소속 무인들이 절대 그럴 리 없다며 확신 어린 말을 내뱉는 그를 향해 천무진이 말했다.

"금호를 아십니까?"

"물론입니다. 홍천관 관주 아닙니까."

"고아들의 납치를 주도한 인물 중 하나가 바로 그 자입니다."

"……."

천무진의 말에 이지강은 순간 당황한 듯 꿀 먹은 벙어리가 되어 버렸다. 지금 저 말이 사실이라면 관주씩이나 되는 인물이 이 일에 개입되었다는 소리가 아닌가.

얼추 상황을 이해했을 거라 생각했는지 추자후가 분위기를 정리하며 말했다.

"상당히 위험한 일이 될 거고, 반드시 해결해야 할 일이기도 하네. 그렇기에 난 이 일의 적임자로 자네를 선택했지. 어떤가? 할 수 있겠는가?"

추자후는 애초에 자신이 어떠한 대답을 할지 알았을 것이다. 그렇지 않았다면 이렇게 천룡성의 인물을 눈앞에 데려다 놓지도 않았을 테니까.

이지강이 생각할 것도 없다는 듯 곧바로 답했다.

"준비하겠습니다."

＊　　　＊　　　＊

무림맹에서 운남성으로 향할 칠 차 별동대 인원들을 선별했다. 물론 이번엔 운남성이 아닌 광서성으로 향할 계획이었지만 그건 대외비였다.

직접적인 전투를 하기보다는 인근의 상황을 파악하고, 추가적인 조사를 하는 것이 임무였기에 그 숫자는 그리 많지 않았다.

본래 그때그때 꾸려지는 별동대의 인원들은 각양각색이었다. 나이에서부터 소속, 성별까지 대부분이 제각각이었다.

허나 이번 별동대 구성원들의 나이는 평소보다 꽤나 젊은 편이었다. 그 이유는 바로 경험 때문이다.

운남성으로 가는 시늉을 하며 광서성으로 향해야 하는

상황. 경험이 있는 이들은 뭔가 이상하다는 걸 금방 알아차릴 수 있기 때문이다.

그랬기에 최소한의 구색을 맞추기 위한 경험 있는 무인들을 제외하고는 대부분을 젊은 무인들로 채웠다. 다행히 한천의 나이 또한 적당히 있는 편이었기에 그중 하나를 대신할 수 있었다.

별동대를 이끄는 수장은 이지강이었고, 그의 아래로 두 명의 부관이 뒤따랐다.

갑작스럽게 정해진 별동대의 인원들, 그렇지만 크게 문제 될 일은 아니었다.

원래부터 무림맹은 운남의 동향을 파악하기 위해 계속해서 무인들을 보내 왔으니까.

거기다가 거기서 머무르며 싸우는 부대가 아닌 조사를 임무로 하고 떠나는 것이었기에 다소 급한 소집이긴 했으나 무림맹의 무인으로서 감내해야 할 부분이었다.

별동대의 인원으로 뽑혔다는 사실이 전해진 이튿날.

무림맹 내부에 있는 넓은 연무장으로 사람들이 속속들이 모여들고 있었다. 이들은 모두 이번 별동대로 뽑힌 이들이었다.

별동대의 수장인 이지강은 아직 모습을 드러내지 않았고, 먼저 나타난 두 명의 부관 중 한 명이 앞으로 나섰다.

이 조를 이끌 부관이자 아미파(峨嵋派)의 혜정(慧情)이라는 여승이었다. 그녀의 옆에 서 있는 이는 삼 조를 맡기로 되어 있는 남궁세가 소속 고수 남궁격(南宮格)이라는 자였다.

혜정이 몇 장의 서찰을 쥔 채 앞으로 나섰다.

"모두들 모인 것 같군요. 저는 아미파의 혜정이라고 합니다."

그녀가 말과 함께 포권을 취해 보였다.

사십 대 중반 정도의 나이, 아미파를 이끄는 중견 고수 중 하나인 그녀는 꽤나 실력 있는 무인이었다. 혜정이 입을 열자 모두가 자세를 바로 한 채로 단상 위에 서 있는 그녀의 목소리에 집중했다.

혜정이 말을 이었다.

"다들 알겠지만, 이번 별동대는 다소 급하게 구성되었습니다. 그렇지만 저희에게는 그런 상황에서도 체계적이고, 확실하게 임무를 완수해야 할 의무가 있습니다."

말과 함께 그녀의 시선이 손에 들린 서찰로 향했다.

그곳에는 별동대 인원들의 명단과 각자 배정된 조가 적혀져 있었다. 혜정이 말을 이었다.

"저희의 숫자가 육십 명 정도이기에 조를 세 개로 나누어 운영할 예정입니다. 지금 호명하는 대로 각자의 자리로 가서 서시면 되겠습니다. 그럼 일 조부터 시작하죠."

말과 함께 혜정은 한 사람씩 이름을 호명하기 시작했다.

일 조는 이지강이 이끌기로 되어 있었고, 상대적으로 구성원들 중에 실력이 있는 이들로 구성되었다. 전체적으로 나이대가 있었고, 어느 정도 경험이 있는 이들이었다.

그리고 그 일 조의 구성원 중 한 명.

한천이었다.

혜정의 입에서 그의 이름이 나왔다.

"한천."

자신의 이름이 불리자 한천이 싱글벙글 웃으며 일 조의 인원들이 모여 있는 곳으로 향했다. 그러고는 먼저 와 있는 이들을 향해 특유의 친화력 가득한 모습을 보이며 먼저 인사를 건넸다.

"이야, 반갑습니다. 다들 잘 지내 보지요. 혹시 시간 괜찮으신 분들 계시면 이따가 술이라도 한잔하실까요?"

넉살 좋은 한천의 모습에 사람들이 피식 웃음을 흘릴 때였다. 멀리에서 그 모습을 보고 있던 백아린은 슬쩍 표정을 찡그린 채로 혀를 차고 있었다.

'하여튼 저놈의 술은.'

일 조의 구성원들이 모두 호명되고 이내 이 조가 불리기 시작했다.

이 조는 다소 젊은 명문정파의 인물들이 많이 포진되었

다. 구파일방과 오대세가의 이름난 젊은 무인들이 꽤나 많이 포함돼 있었다.

그렇게 이 조의 호명이 끝나고 이내 이어진 마지막 조, 삼 조의 순서가 왔다.

혜정이 계속해서 한 사람씩 이름을 호명했다.

"백아린."

자신의 이름이 나오자 백아린이 성큼 앞으로 한 걸음 걸어 나오며 짧게 포권을 취해 보였다. 그러고는 이내 자신이 속한 삼 조의 인원들을 향해 걸어갔는데, 그런 그녀의 뒷모습을 보며 다른 조에 속한 사내들은 아쉬움을 삼켰다.

사실 이번 별동대에 백아린이 뽑힌 건 무림맹 내에서 화제였다.

무림맹에 들어온 지 얼마 되지 않아 이토록 이름을 날릴 정도의 미모, 별다른 사건 사고 없이 조용히 지냈음에도 불구하고 백아린에 대한 소문은 이미 쫙 퍼진 상황이었다.

오늘 이곳에서 직접 그녀를 처음 본 이들은 쉬이 시선을 뗄 수 없을 정도로 강렬한 첫인상이었다.

이내 혜정이 다른 이의 이름을 불렀다.

"무진."

기다렸다는 듯 앞으로 나선 천무진은 백아린이 서 있는 삼 조를 향해 다가갔다.

순서에 따라 섰기에 천무진은 자연스레 그녀의 옆자리에 설 수 있었다. 그렇게 나란히 선 두 사람의 모습을 보며 멀찍이 있던 한천이 히쭉 웃었다.

서로 모르는 척 서 있는 두 사람이지만 한천이 보기에 그 둘은 참으로 잘 어울렸다.

그렇게 삼 조의 구성원들까지 모두 자신의 자리를 찾아서 섰다.

마지막에 호명된 삼 조.

삼 조 또한 이 조와 마찬가지로 대다수가 젊은이들이었지만 그들에 비하면 상대적으로 한 단계 낮은 실력자들이었다.

물론 너무 편파적인 구성은 다소 애매하다 여겼는지 이곳 삼 조에도 구파일방이나 오대세가의 무인들 일부가 자리하고는 있었다.

허나 누가 봐도 알 정도로 뛰어난 이 조 인물들에 비해 하나하나의 실력들은 다소 떨어지는 이들이 대부분이었다.

가짜 신분이긴 하지만 뒷배경이나 실력적인 부분을 많이 낮추고 있는 천무진과 백아린이 삼 조에 포함되는 건 당연한 결과였다.

그렇게 각자의 조가 모두 완성되었을 무렵이었다.

연무장의 입구로 한 명의 사내가 걸음을 옮기고 있었다.

날카로운 칼과도 같은 예기를 풍기며 다가오는 인물, 천무진과는 일면식이 있는 사내이자 이 별동대를 이끌 수장인 이지강이었다.

이지강은 단상 위로 향하며 힐끔 천무진을 확인했다. 아주 잠시 시선을 마주쳤던 두 사람이지만 이내 이지강은 자연스레 미리 단상 위에 올라와 있던 두 명의 부관에게로 눈을 돌렸다.

그가 나타나자 혜정과 남궁격이 포권을 취하며 그를 맞이했다.

마찬가지로 포권으로 인사를 끝낸 이지강이 가장 앞으로 나섰다.

"이번 별동대를 이끌 점창파의 이지강이라고 한다. 다들 알다시피 이번 우리의 임무는 새외 세력들의 개입으로 인해 혼란스러운 운남성을 둘러보는 것이 주요 임무이고, 언제나 해 왔던 것들과 크게 다르지 않다. 허나 그렇다고 해서 이 임무를 가벼이 여겨서는 아니 된다. 주기적으로 무림맹에서 사람을 보낼 정도로 중요한 일이고, 우린 그 임무를 완벽히 수행해야 할 책임이 있으니까."

긴말을 내뱉으며 이지강은 아래에 있는 육십여 명의 무인들을 내려다보았다.

이번 비밀 임무를 위해 그가 여기저기서 뽑은 인원들이

다. 이미 무림에서 상당히 이름을 날리는 이들도 있고, 갓 무림맹에 몸담은 신입도 있다.

이들을 이끌고 이번 비밀 임무를 완벽하게 끝마치는 것, 그것이 바로 이지강이 해야 할 일이었다.

"출정은 삼 일 후, 오시(午時) 정각에 이곳에 모여서 출발하니 그 전까지 모두들 집합할 수 있도록. 질문 있는 사람 있는가?"

말을 끝낸 그가 슬그머니 아래쪽에 있는 천무진과 짧게 시선을 맞췄다.

천무진이 다른 이들은 알아채지 못할 정도로 가볍게 고개를 끄덕였다. 그리고 그를 바라보던 이지강이 이내 말을 이었다.

"없나 보군. 그럼 삼 일 후에 이곳에서 만나도록 하지. 이상."

*　　*　　*

별동대의 출발까지 주어진 삼 일이라는 시간.

그 시간 동안 천무진과 백아린은 나름 바삐 움직였다. 한동안 이곳에 돌아올 수 없었기에 미리 해결해야 할 것들을 정리해 둘 필요가 있었기 때문이다.

시간은 쏜살같이 흘렀고, 어느덧 별동대가 떠날 그날이 다가왔다.

천무진과 백아린, 한천 세 사람은 간단하게 짐을 싸고 만났다. 짐이라고 해 봤자 대부분은 무림맹 측에서 준비를 해 줬기에 개인적으로 챙겨야 할 건 옷이나 생필품 정도가 전부였다.

천무진 또한 딱히 필요한 건 없었기에 짐은 간소했다.

그에 비해 백아린의 짐은 꽤나 컸는데, 그건 바로 봇짐으로 대검을 감쌌기 때문이다. 손잡이 부분만 툭 튀어나오게 하고 나머지 부분은 전부 봇짐으로 감쌌다.

손잡이만 보이고 나머지 커다란 검날은 모두 봇짐에 쌓여 있어 얼핏 보면 그냥 일반 검의 손잡이라고 생각할 수도 있었다.

천무진이 백아린이 짊어지고 있는 봇짐을 보며 물었다.

"이 안에 대검만 든 거야?"

"네, 워낙 커서 다른 것까지 넣으면 특이한 무기인 티가 너무 나서요. 옷이랑 검을 넣어서 이렇게 커 보이는 것처럼 해야 하니 더 넣긴 힘들더라고요."

"그럼 당신 짐은?"

물어보는 천무진의 질문에 봇짐 두 개를 짊어진 한천이 죽는시늉을 하며 대답했다.

"제가 들었죠. 아이고, 무거워 죽겠습니다."

"엄살은."

백아린이 힘든 척을 하는 그를 가볍게 흘겨봤다. 그때 천무진이 입을 열었다.

"벌써 일 조 사람들 일부랑 친해졌다던데 진짜야?"

"그럼요. 하하! 한 절반 정도는 이미 제 사람이라고 보면 됩니다."

"……친화력 하나는 정말 인정해 줘야겠어."

호언장담을 내뱉는 한천을 보며 천무진은 대단하다는 듯 고개를 끄덕였다.

고작 삼 일이다.

그 시간 동안 한천은 자신과 같은 조에 소속된 이들과 연달아 만나며 벌써부터 친분을 쌓아 둔 것이다.

이내 천무진이 중얼거렸다.

"단엽도 슬슬 움직여야 할 텐데."

"아, 단 소협은 아까 전에 먼저 나갔습니다. 미리 가 있겠다고 하더군요."

걱정하지 말라는 듯이 말하는 한천을 향해 천무진이 물었다.

"나가는 걸 본 거야?"

"아뇨. 먼저 찾아와서 전해 달라고 하던데요."

덤덤하니 말하는 한천을 보며 천무진은 고개를 끄덕였다.

얼마 전부터 급속도로 가까워진 단엽과 한천이다.

그리고 그 이유가 뭔지 천무진은 알고 있었다.

두 사람이 적화신루의 총회에 가겠다고 나가고, 단엽과 계속해서 비무를 하던 그 시기에 전해 들었던 덕분이다.

'엄청난 고수라.'

싱글벙글 웃고만 있는 한천을 바라보며 천무진은 단엽이 했던 말이 떠올랐다. 어느 정도 실력자라는 건 이미 짐작하고 있었다.

허나 단엽의 말을 들어 보면 자신이 생각했던 그 정도가 아닌 듯싶었다.

시간이 갈수록 천무진은 이 두 사람에 대한 궁금증이 생겨났다.

백아린과 한천.

적화신루의 총관과 부총관이다.

그런데 백아린의 실력은 적화신루의 총관으로 있기엔 너무도 뛰어났다. 문제는 지금까지 보아 온 것이 그녀가 가진 실력의 전부가 아닌 것 같다는 것이다.

거기에 한천까지 단엽의 말대로라면……

적화신루가 대단한 것일까? 아니면 이 두 사람이 그중에 유독 뛰어난 걸까.

내심 그 진짜 실력들이 궁금했지만 조급해할 이유는 없었다. 지금처럼 계속 함께한다면 결국 알게 될 일이었으니까.

이미 남윤에게 이곳의 일들을 부탁한 상황.

천무진이 두 사람을 향해 말했다.

"그럼 슬슬 출발하지."

*　　*　　*

집합 장소인 연무장으로 별동대의 사람들이 모여들고 있었다. 먼 길을 떠날 것을 대비하여 제각각 짐을 챙긴 이들은 그곳에 서서 주변의 다른 이들과 대화를 나누고 있었다.

이곳을 떠나 운남성이라는 먼 곳으로 가게 된 것이 그리 마음에 들지는 않았겠지만, 무림맹에 몸담은 이상 반드시 해야 하는 일도 있기 마련.

대부분이 그러려니 하고 넘어갔지만 개중에는 이번 임무에 낀 것이 불만인 이들도 분명 있었다.

그중에 가장 대표적인 인물.

바로 이 조에 속한 당자윤이었다.

잠룡대에 속한 인원들 중에서도 세 명이 이번 일정에 포함되었다. 대부분의 단체에서 한 명 정도 뽑힌 것에 비한다면 꽤나 많은 이들이 이번 일정에 선발된 것이다.

그만큼 잠룡대에 젊은 인재가 많았던 탓이다.

천무진과도 일면식이 있는 그는 이번 일정에 자신이 뽑힌 것에 무척이나 짜증이 나 있었다.

가능하면 간단한 임무에 포함되고 싶었거늘, 새외 세력과의 잦은 충돌이 있는 운남이라니. 시간이 꽤 걸릴지도 모르는 이번 일정에 자신이 끼게 된 사실이 그는 무척이나 짜증이 났다.

벽에 기대어 선 채로 있는 그의 옆에는 다른 사내 한 명이 함께 자리하고 있었다.

마찬가지로 잠룡대 소속인 단목운뢰(端木雲雷)였다.

단목세가라는 가문의 사내로 이십 대의 젊은 나이에 두각을 드러내는 후기지수 중 하나였다.

서생 같아 보이는 유약한 얼굴에 삐쩍 마른 몸.

날카로워 보여야 할 것 같은 인상이었지만 얼굴에 있는 긴장 가득한 표정은 평소 그가 무척이나 겁이 많은 성격이라는 걸 말해 주는 듯싶었다.

속속들이 모이고 있는 이들과 떨어진 곳에 서 있던 당자윤이 짜증스러운 목소리로 중얼거렸다.

"젠장, 굳이 이런 일에 왜 나까지 끼라는 거야?"

"……그러게."

어수룩하게 대답하는 단목운뢰를 보며 당자윤은 슬쩍 표정을 구겼다. 단목운뢰는 당자윤이 함께 다니는 사람 중 하나긴 했지만 그리 좋아하지 않는 상대였다.

눈치가 없는 건 아니었지만 유약하고 결단력 없는 모습이 당자윤과는 맞지 않았다.

단목세가는 사천당문에 비하자면 작은 곳이지만 그래도 무시할 수 없는 가문이었기에 최대한 짜증을 감추고 있는 것뿐이었다.

짜증 가득한 표정으로 서 있던 당자윤의 시야에 막 입구로 들어서는 누군가가 들어왔다.

천무진이었다.

그쪽으로 시선을 주고 있던 당자윤은 낯익은 얼굴에 고개를 갸웃했다.

'저자는……'

기억에 확실히 남을 정도로 준수한 외모.

그럼에도 불구하고 잠시 누군지 기억해 내지 못하던 당자윤은 이내 상대의 정체를 깨달았다.

말을 타고 달리던 도중 길을 방해했던 그 멍청해 보이던 놈과 같이 있던 사내.

당시 뭔가 있어 보이는 모습에 조심스럽게 굴었던 기억이 떠오른다. 물론 별거 아닌 정체를 알고 곧바로 깨끗이 무시해 버렸지만.

'그래, 그때 그놈이로군.'

천무진의 정체를 기억해 내자 기가 막혀 헛웃음이 흘러나왔다.

"어처구니가 없군."

"갑자기 뭐가?"

옆에 서서 긴장한 듯 주변을 두리번거리던 단목운뢰가 당황한 듯 물었다. 그러자 당자윤이 고갯짓으로 걸음을 옮기고 있는 천무진을 가리키며 말했다.

"저놈이 누군지 알아?"

"글쎄. 난 처음 보는 사람인 거 같은데…… 왜 대단한 놈이야?"

"대단? 킥, 뭐 대단한 놈이긴 하지."

비웃음을 흘리던 당자윤이 옆에 있는 단목운뢰를 향해 시선을 돌린 채로 말을 이었다.

"홍천관에서 창고 정리나 하는 놈이거든. 고작 저딴 놈이랑 같이 떠나는 임무라니 기가 막히는군."

"홍천관 소속이 이런 일에도 끼나?"

"그러니까 말이야. 아무리 두루두루 섞는다고 해도 어느 정도 급은 있어야 하는 거 아냐?"

말을 끝낸 당자윤은 이내 뭔가 생각이 났는지 천천히 벽

에서 몸을 뗐다. 그러고는 옆에 있는 단목운뢰를 향해 말을
이었다.

"낯짝이나 한 번 보러 가야겠군."

짜증을 조금이나마 풀 상대가 나타났다는 생각에 당자윤
은 걸음을 옮겼다.

사실 처음 만났던 그때에도 건방지게 고개를 들고 있던
그 모습이 맘에 들지 않아, 따끔하게 가르치려고 했었던 그
다.

당시 홍천관 관주 금호가 나타나지 않았다면 아마도 그
냥 넘어가지는 않았을 터.

당자윤이 움직이자 뒤편에 남아 있던 단목운뢰 또한 황
급히 뒤를 쫓았다. 그가 곧바로 삼 조의 인원들이 정렬해
있는 쪽으로 다가갔다.

순식간에 거리를 좁히는 당자윤의 움직임을 천무진이 모
를 리 없었다. 이쪽을 향해 다가오는 그에게 천무진이 힐끔
시선을 줬지만 이내 관심 없다는 듯 다시금 앞을 바라봤다.

자신에게 오는 거라 생각하지 않았던 탓이다.

그렇지만 당자윤의 목표는 천무진이었다.

천무진의 바로 옆에 와서 선 그가 입을 열었다.

"어이."

"……저 말입니까?"

천무진이 생각지도 못했다는 듯 자신을 가리키며 되묻자, 당자윤이 고개를 끄덕이며 받아쳤다.

"그래 너. 나 기억하지?"

의미심장한 웃음과 함께 천무진을 향한 눈동자.

그 시선을 잠시 마주하고 있던 천무진이 마찬가지로 웃음을 내보이며 짧게 답했다.

"모르겠는데요."

"……."

천무진의 그 한마디에 당자윤의 표정이 순간적으로 일그러졌다. 정말 이런 대답이 나올 거라고는 생각조차 하지 못했다.

차라리 혼자였다면 화를 삭이고 넘어갔을 수도 있다. 허나 지금은 뒤편에 단목운뢰가 있었다. 하찮은 홍천관 놈이라며 한껏 비웃고 왔는데, 막상 그 대상이 자신을 기억하지 못한다고 하자 뭔가 꼴이 우습게 되어 버린 상황이었다.

인정하기 싫었는지 당자윤이 되물었다.

"정말 날 몰라?"

"음, 글쎄요. 어디서 뵌 적이 있었습니까?"

기억이 안 난다는 듯한 표정으로 대꾸하는 천무진을 보며 당자윤은 속으로 이를 갈았다. 어떻게 이런 놈이 자신을 잊을 수 있단 말인가.

반대라면 모를까 지금 같은 상황은 결코 인정할 수 없었다.

들끓는 화를 억지로 참고 있는 당자윤을 바라보며 천무진은 속으로 웃음을 삼켰다.

사실 천무진은 상대를 알고 있었다.

어찌 잊겠는가.

방건과 자신에게 그토록 안하무인으로 굴었던 상대를.

천무진은 자신에게 건방지게 굴었던 상대를 그냥 기억에서 지울 정도로 성격이 좋지 못했다.

그리고 그는 이런 상대를 요리하는 방법을 잘 알고 있었다. 어떻게 해야 기분이 가장 나쁜지도.

그랬기에 천무진은 시치미를 뚝 뗀 채로 모르는 척하며 상대의 화가 머리끝까지 치솟게 만들었다.

그런 천무진의 계략이 먹힌 탓인지 당자윤은 다소 흥분한 목소리로 소리쳤다.

"날 모른다고? 네놈 머리가 많이 나쁘군. 얼마 전에 다관 앞에서⋯⋯."

"아!"

뭔가 생각난 듯한 천무진의 표정에 당자윤이 자신도 모르게 고개를 끄덕였다. 그런 그를 보며 천무진이 곧바로 말을 이었다.

"그때 다관에서 저한테 차를 쏟으셨던 분이시군요. 맞지요?"

"……."

"아, 아닌가?"

뒷머리를 긁적이며 태연하게 딴청을 부리는 천무진의 모습에 당자윤은 더욱더 화가 치솟았다.

상황이 이쯤 되자 왠지 모르게 상대가 자신을 놀리는 게 아닌가 하는 생각이 직감적으로 들어 버린 것이다.

그가 이를 부득부득 갈며 입을 열었다.

"네놈 지금 날 조롱하는 게냐?"

"그럴 리가요."

"그렇지 않고서야 네깟 놈이 날 기억하지 못할 리가……!"

버럭 목소리를 높이는 그때였다.

"거기 제 자린데 비켜 줄래요?"

뒤편에서 들려오는 여인의 목소리.

가뜩이나 짜증이 난 상황이었기에 당자윤은 표정을 와락 구겼다.

'이번엔 또 뭐야?'

눈앞에 있는 천무진의 건방진 모습에 화가 치솟은 상황에서 또 다른 누군가가 자신에게 비키라는 듯 말을 하고 있었다.

기분이 좋을 리가 없었다.

뒤쪽으로 휙 고개를 돌린 당자윤의 눈에 들어온 건 다름 아닌 백아린이었다. 그녀를 보는 순간 당자윤은 움찔하고야 말았다.

'이 여인은⋯⋯.'

너무나 아름다운 여인이었다.

이 정도의 미모를 지녔다면 무림맹에 오래 몸담은 당자윤이 모르지 않았을 터. 동시에 그는 한 여인의 이름을 떠올렸다.

최근 무림맹을 들썩이게 한 엄청난 미녀.

'이 여인이 백아린인가?'

일전에 사공량에게서 백아린이라는 여인과의 자리를 만들 테니 자신을 도와 달라는 부탁을 받았던 적이 있다.

물론 백아린이 나타나지 않아 그 자리는 무산되었고, 괜한 발걸음을 하게 된 당자윤은 사공량에게 짜증을 냈었다.

당시에 이 여인이 궁금해서 자리에 나갔었는데, 보지 못한 그녀를 이곳에서 보게 된 것이다.

백아린의 얼굴을 직접 보자 그제야 당자윤은 사공량이 왜 여인 하나 어쩌지 못하고 쩔쩔맸는지 이해가 갈 수밖에 없었다.

허나 당자윤의 생각은 길어지지 못했다.

별동대를 이끌 이지강이 단상 위에 모습을 드러냈기 때문이다. 그가 소리쳤다.

"모두 제자리로!"

소리와 함께 별동대에 뽑힌 이들이 모두 정렬하며 앞을 응시했다. 천무진에게 제대로 한 방 먹은 화를 풀 기회도 없이 당자윤은 결국 걸음을 옮겨야 했다.

'칫, 짜증 나게.'

천무진을 노려보며 당자윤은 자신이 있어야 할 이 조가 모인 곳으로 움직였다.

백아린이 슬쩍 천무진에게 전음을 날렸다.

『저 사람 누구예요?』

『당자윤, 사천당문 놈이야.』

『그런데 왜 당신한테 시비를 걸고 있어요?』

백아린의 말을 듣고 천무진은 역시나 하는 생각을 했다.

적절한 순간에 나타나 시비를 거는 당자윤에게 비키라고 말하는 백아린을 보며 자신을 돕기 위해 그녀가 나타난 것이 아닐까 예상했던 것이다.

천무진은 모르겠다는 듯 가볍게 으쓱해 보였다.

그러자 그녀 또한 상관없다는 듯 작게 고개를 끄덕거렸다. 저런 인물의 시비 따위가 천무진에게 위협이 될 리 없다는 걸 너무도 잘 알기 때문이다.

단상 위에 오른 이지강은 짧게 주의 사항들을 말했고, 이 내 무인들을 뒤편에 준비된 마구간으로 이동시켰다.

배정된 말 위로 별동대의 무인들이 빠르게 자리했다. 각 자 자신의 짐을 말의 옆에 달기도 했는데, 백아린의 대검을 감싼 봇짐은 너무도 커서 그녀가 등 뒤에 메고 있어야만 했 다.

최대한 대검의 티가 나지 않도록 만들어진 봇짐을 멘 그 녀의 옆에 천무진이 가서 섰다.

선두에 선 이지강이 뒤편을 향해 손을 들어 올렸다. 그러 고는 이내 말고삐를 강하게 움켜잡았다.

"이럇!"

선두에 선 그가 치고 나가자 뒤이어 다른 이들 또한 따라 움직이기 시작했다.

일렬로 해서 달리던 별동대였지만, 이내 무림맹을 빠져 나가 사람들이 없는 외곽으로 들어서기 무섭게 삼각형의 구도로 진형을 바꿨다.

선두에는 일 조가 섰고, 뒤편 양쪽으로 적당한 거리를 둔 채 이 조와 삼 조가 나란히 섰다.

그렇게 그들은 남쪽을 향해 내달렸고, 약 반 시진 정도 움직였을 때였다. 선두에 달리고 있던 이지강이 잠시 멈추 라는 듯 소리쳤다.

"대기!"

고함 소리와 함께 그가 말머리를 잠시 돌리자, 뒤따르는 육십 명이 넘는 무인들 또한 멈춰 섰다. 별동대가 멈추자, 약 십여 장 정도 바깥에 위치한 나무 아래에서 기다리고 있던 누군가가 옆에 세워 두었던 말 위에 훌쩍 올라타서 이쪽을 향해 다가왔다.

죽립을 쓰고 있어 얼굴은 알아볼 수 없는 그는, 손에 붉은 패를 하나 들고 있었다.

무림맹 쪽의 사람이라는 걸 알리는 신분증이었다.

말을 타고 이지강을 향해 다가온 상대가 입을 열었다.

"이곳에서부터 길 안내를 맡게 된 사람입니다."

말과 함께 죽립을 슬쩍 들어 올리자 그의 얼굴 일부가 드러났다.

여인이라는 착각을 불러일으킬 정도로 곱상한 외모의 소유자.

단엽이었다.

그가 씩 웃으며 말을 이었다.

"목적지까지 안전하게 모시죠."

5장. 구천회(九天會) —
그들의 세력권이야

　일 조에 속한 한천, 그리고 삼 조에 속한 천무진과 백아린에 이어 마침내 단엽까지 별동대에 합류했다.

　굳이 단엽이 무림맹 내부가 아닌 외부에서 합류한 건 그가 사파인 대홍련의 부련주기 때문이었다. 현재 이곳에서 움직이는 별동대의 인원들은 단엽의 얼굴을 몰랐지만, 무림맹 내부라면 이야기는 달라진다.

　거기다 아무리 좋은 일을 위해서라고는 해도 비밀리에 대홍련의 부련주를 무림맹 내부로 들이는 건 맹주로서도 그 후폭풍을 감당하기 어려웠다.

　여러모로 외부에서 조우하는 것이 위험 부담이 적었기에

단엽이 이곳에서 별동대를 기다리고 있었던 것이다.

그리고 실제로 그는 이번 임무의 길 안내를 맡은 상황이었다.

운남성과 광서성의 지리에 빠삭한 그였기에 이번 여정에서 큰 도움이 될 수 있었다.

별동대들은 말을 몰아 순식간에 남쪽으로 움직이고 있었다.

별동대원들에게 알려진 목적지는 운남성 부녕(富寧)이라는 마을이었다. 부녕은 광서성과 밀접하게 붙어 있는 곳이었기에 속이기에 가장 용이했다.

그리고 실질적인 진짜 목적지는 최근 사라진 고아가 발견됐다는 정보가 들어왔던 광서성 합포(合浦)였다.

온종일 달려 마침내 첫 번째 밤이 찾아올 무렵 이지강이 일행들을 모두 멈추게 했다.

인원이 많기도 했지만 정확한 이동 경로를 파악하지 못하게 하기 위해 마을에 들르는 걸 최대한 자제해야 하는 상황.

적당한 야영지를 찾았기에 이곳에서 하룻밤을 보내려고 하는 것이다.

일행들은 빠르게 천막을 치기 시작했고, 이내 별동대를 이끄는 세 명과 단엽이 한곳에 자리했다.

단엽이 지도를 든 채로 그들을 향해 자신의 이동 경로를 밝혔다.

"바로 운남으로 가지 않고 귀주성을 뚫고 지나갈 생각입니다."

"굳이 그래야 할 이유가 있소?"

사천과 바로 붙어 있는 운남성이다.

굳이 가운데 끼어 있는 귀주성을 뚫고 가겠다는 말에 삼조를 이끄는 남궁격이 의아하다는 듯 물었다.

그러자 단엽이 기다렸다는 듯 대답했다.

"운남과 사천이 붙어 있으니 일반적으로 바로 향하는 것이 좋다 생각하기 쉬우나 목적지가 부녕이라면 이야기는 다릅니다. 부녕은 운남성에서 동쪽에 위치하고 있어서, 오히려 귀주성의 바로 아래에 위치해 있다고 봐야 하죠. 관도로 이동하기에도 훨씬 용이하고요."

단엽이 손가락으로 자신이 가고자 하는 길의 방향을 가리켰다.

옆에서 이야기를 듣고만 있던 이지강이 기다렸다는 듯 단엽의 뜻에 동조하고 나섰다.

"일리가 있는 말이군. 난 괜찮은 것 같은데 두 분 생각은 어떠시오?"

"저도 뭐……."

"길 안내를 맡으신 분이 잘 아시겠지요."

남궁격과 혜정이 대답했고, 이내 이지강이 고개를 끄덕이며 단엽의 뜻대로 하게끔 명령을 내렸다.

"지금 말한 길대로 가도록 하지."

"알겠습니다."

짧게 대답을 마친 단엽이 여전히 죽립을 눌러쓴 채 천막 바깥으로 빠져나갔다.

바깥에서는 별동대의 인원들이 이런저런 일을 하느라 바삐 움직이고 있었다. 일 조는 천막을 담당했고, 이 조는 땔감과 식사를 준비했다.

하지만 정작 단엽이 찾고 있는 삼 조의 모습은 보이지 않았다.

그들은 인근을 가볍게 정찰하고, 사냥을 하는 임무를 맡았던 탓이다.

'주인은 어디 간 거야?'

단엽이 슬쩍 걸음을 옮겨 일에 한창인 한천에게로 다가갔다. 한천 또한 자신을 향해 다가오는 그를 발견하고는 슬쩍 몸을 돌려 다른 이들이 단엽과 전음을 주고받는 걸 눈치채지 못하도록 만들었다.

단엽이 물었다.

『주인이 왜 안 보이지?』

『삼 조 전원이 인근 정찰과 수색 임무를 가지고 나갔으니까요. 그리 멀리까지 가진 않았을 테니 저쪽으로 가면 금방 만날 수 있을 겁니다.』

천무진이 사라졌던 방향을 눈여겨봐 놨던 탓에 한천은 정확하게 한 곳을 말해 줄 수 있었다. 눈짓으로 길목을 가리키는 그를 향해 단엽이 작게 고개를 끄덕였다.

그러고는 이내 한천이 알려 준 방향으로 발걸음을 돌렸다.

나무들이 가득한 수풀 속으로 들어선 단엽이 한참을 걷다가 갑자기 걸음을 멈췄다.

아무도 없는 장소, 그렇지만 단엽이 갑자기 고개를 치켜들었다. 단엽의 시선이 향한 위쪽에는 나뭇가지에 기대어 앉아 있는 천무진이 자리하고 있었다.

그를 발견한 단엽이 물었다.

"주인, 거기서 뭐 해?"

"……시간 죽이는 중."

눈까지 감고 누워 있다시피 자리하고 있던 천무진이 이내 가볍게 몸을 옆으로 굴렸다.

휙.

떨어져 내리던 천무진의 몸이 빠르게 자세를 바로잡으며 가볍게 바닥에 착지했다. 꽤나 높은 곳에서 뛰어내렸음에도 불구하고 주변으로는 조금의 기척조차 흘러 나가지 않았다.

천무진이 바지를 툭툭 털며 물었다.

"보고는 잘 끝났고?"

"뭐 별거 없었으니까. 우리 계획대로 움직이기로 했어. 최대한 길을 속이고 움직이면 목적지 인근에 도착하기 전까지는 알아차리기 쉽지 않을 거야."

목적지로 향해야 할 관도의 거점에서 서쪽이 아닌 동쪽으로 움직이는 그 순간부터 뭔가 이상하다는 걸 알겠지만, 그때는 이미 모든 것이 천무진의 계획대로 흘러간 후일 게다.

말을 끝낸 단엽은 이내 뭔가 찜찜한 표정으로 말을 이었다.

"우선 시키는 대로 하긴 했지만 하나 걸리는 게 있는데 말이야."

"걸리는 게 뭔데?"

"우리가 지금 가는 길이 구천회(九天會)의 구역이라는 거야."

구천회는 사파를 대표하는 네 개의 단체 중 하나다.

무림맹조차도 무시하기 힘든 거대 세력, 그런 그들의 거점이 바로 지금 지나쳐 가야 하는 귀주성이었다. 그곳은 구천회의 힘이 가장 강력한 곳이었다.

그들 또한 무림맹과의 마찰을 바라지는 않겠지만 자신의 구역을 지나쳐 가는 이들을 본다면 그냥 순순히 보내 줄지는 장담하기 어려웠다.

전면전을 원하지는 않을 터이니 죽이거나 하지는 않겠지만, 최악의 경우 귀주성에서 쫓겨나는 것 정도는 각오해야만 하는 상황이었다.

"구천회라……."

오랜만에 듣는 이름을 천무진은 나지막이 되뇌었다. 지금은 귀주성을 기반으로 하여 성세를 떨치고 있는 사파의 거두. 그렇지만 훗날 그들은 단엽의 손에 무너지고 결국 대홍련의 일부가 되고 만다.

물론 그러기 위해서는 한참의 시간이 남았지만 말이다.

그리고 자신이 단엽의 인생에 개입한 지금 그 미래 또한 바뀌었을 수도 있다.

천무진이 물었다.

"왜? 구천회가 무서워?"

"무섭긴! 내가 누군지 벌써 잊은 거야? 단엽이라고, 단엽!"

발끈하며 단엽이 소리쳤다.

그는 같은 사파로서 결코 누구에게도 밀리고 싶지 않다는 듯 투지를 불태웠다.

그런 그에게 천무진이 말했다.

"어느 정도 그들의 세력권을 알 거 아냐. 괜히 얽히면 귀찮아지니 최대한 피해 가는 방향으로 하지. 아예 그들을 피하기 위해 삥 돌아서 갈 수는 없으니까."

이번 계획은 시간과의 싸움이다.

설령 별동대를 완벽히 속인다 해도 시간이 오래 걸린다면 결국 그들의 눈에도 이상하게 보일 수밖에 없다.

그렇게 되면 지금 자신이 하고자 하는 이번 계획은 실패로 돌아갈 공산이 컸다.

그걸 방지하기 위해서는 구천회가 아닌 마교의 지역이라고 해도 뚫고 지나가야 하는 상황이었다.

천무진의 말에 단엽은 고개를 끄덕였다.

귀주성은 꽤나 크다.

그곳을 지배하는 것이 구천회라고는 하지만 모든 곳을 감시하고 있을 수는 없을 터.

단엽이 답했다.

"알겠어. 최대한 그들의 세력을 피해서 움직여 보도록 할게."

단엽 또한 그들의 모든 걸 아는 건 아니지만 어느 정도 정보를 지니고 있었다. 그걸 기반으로 하여 최대한 은밀하게 귀주성을 돌파하기로 마음을 먹었다.

'관도를 타고 움직이다 중간에 소로(小路)를 이용해야겠

군.'

그렇게 단엽이 생각을 정리할 때였다.

천무진이 갑자기 중얼거렸다.

"멧돼지네."

그의 목소리에 단엽 또한 옆으로 시선을 돌렸다. 먼 곳에서 날카로운 이를 드러낸 채로 씩씩거리며 돌아다니는 커다란 멧돼지가 눈에 들어왔다.

별문제가 있는 것도 아니었기에 단엽이 가만히 서서 그 멧돼지를 바라보고만 있을 때였다.

천무진이 재차 입을 열었다.

"뭐 해?"

"어? 뭐가?"

"뭐 하냐고 지금. 저기 멧돼지라고."

"저기 멧돼지가 있는데, 뭐?"

단엽이 이해가 안 간다는 듯 되물었다.

그러자 천무진이 너무도 당연하게 말을 받았다.

"뭐긴 뭐야. 저거 잡아 오라고."

"내가? 왜?"

당황한 듯 되묻는 단엽을 향해 천무진이 말했다.

"이왕 사냥하러 나왔는데 뭐라도 하나 잡아 가야 하지 않겠어?"

"아니, 그건 알겠는데 그걸 그러니까 왜 내가……."

"그럼 그걸 주인인 내가 해?"

천무진의 말에 그제야 단엽은 무슨 말인지 알아차리고 이를 바득바득 갈았다.

이 천룡성에서 나온 괴물 같은 자에게 패한 이후 부하가 되어 버린 자신이다. 천무진을 이기기 전까지 싫든 좋든 명령을 따라야 하는 입장이라는 거다.

단엽이 이를 가는 그때 천무진이 태평하게 말을 이었다.

"빨리 안 움직이면 도망칠 것 같은데."

"으으으으! 망할!"

단엽이 번개처럼 멀어지는 멧돼지를 향해 달려들었다.

＊   ＊   ＊

별동대는 예정대로 목적지를 향해 쭉쭉 나아갔다.

자고 먹는 시간을 제외하고는 조금의 휴식도 없이 바삐 움직였기에 제법 먼 거리였음에도 불구하고 겨우 육 일 만에 귀주성에 들어설 수 있었다.

아직까지는 정해진 길로 가는 중인지라 마을에 들를 수도 있었다. 하지만 괜한 시간 낭비를 하지 않기 위해 어중간한 시간에 들르게 되는 마을은 모두 지나쳤고, 그 덕분에 육 일 동안 계속해서 야영을 해야만 했다.

무인들 중 일부는 점점 지치기 시작했고, 결국 이지강은 이쯤에서 한 번 마을에 들러 제대로 된 휴식을 취하기로 결정을 내렸다.

때로는 조금의 휴식이 보다 강한 힘을 내뿜을 수 있는 원동력이 되기도 했으니까.

귀주성 초입에 있는 금련이라는 마을.

사천과 귀주를 잇는 길목에 위치한 지리적 이점으로 인해 오가는 사람들이 제법 있었고, 덕분에 그리 크지 않은 마을임에도 불구하고 길에는 객잔들이 즐비했다.

육십 명이 넘는 인원들이 한 객잔에 모두 들어가기는 어려웠기에 이지강은 일행을 두 개로 나누었다. 일 조와 이 조의 절반, 남은 이 조의 인원들과 삼 조를 묶어 한 객잔에 머물게 한 것이다.

천무진과 백아린이 한 객잔에 머물게 됐고, 다른 객잔에 한천과 단엽이 묵게 됐다.

천무진과 백아린이 하루를 쉬게 된 석문객잔 주인장의 입이 귀에까지 걸렸다.

많은 이들이 오가는 객잔이긴 했지만 그렇다고 해도 이렇게 많은 인원들이 한 번에 꽉 차는 경우는 무척이나 드물기 때문이다.

거기다 며칠 동안 제대로 된 식사 한 번 못한 그들인지라 많은 양의 음식들까지 시켜 줬으니, 장사를 하는 입장에서는 절로 웃음꽃이 필 수밖에 없었다.

"주인장, 여기 추가 주문 좀 받으시오."

"예예, 나갑니다."

신이 나서 뛰어가는 주인장이 있던 자리 옆에 위치한 탁자.

그곳에는 천무진과 백아린이 자리하고 있었다. 물론 둘뿐만이 아니라 다른 사람 세 명이 더 함께하고 있었지만 말이다.

처음에는 전혀 모르는 사이인 척 연기를 해야 했기에 이야기를 섞지 않았지만, 이제는 굳이 그래야 할 이유가 없었다.

육 일이 넘는 시간 동안 함께 달려왔으니, 어느 정도 안면이 익었다 여길 테니까.

삼 일째 되는 날부터 자연스레 붙어 다니는 두 사람을 보며 주변의 사람들은 수군거리기 시작했다.

참으로 잘 어울리는 한 쌍인 것은 분명했지만, 천무진이나 백아린에게 관심이 있던 이들에게 그 모습은 무척이나 불편할 수밖에 없었다.

탁자 위에는 다른 이들이 주문한 각양각색의 음식들이 있었지만 천무진은 앞에 놓인 소면만 젓가락으로 휘휘 휘젓고 있었다.

그런 그를 물끄러미 바라보던 백아린이 입을 열었다.

"입맛이 없어요?"

"아, 잠깐 다른 생각 중이었어. 괜찮아."

퍼뜩 정신을 차린 천무진이 대답했다.

반조라는 사내를 만난 이후 천무진은 고민하는 시간이 많아졌다. 그들이 자신이 죽었다가 다시 살아났다는 사실을 안다는 것이 그만큼 큰 혼란을 가져다주었기 때문이다.

계속해서 이어지는 고민.

그리고 그 고민의 끝은 과연 그들의 손에서 벗어나 과거와 다른 삶을 사는 것이 가능할 것인가에 대한 두려움으로 향했다.

지금까지 미래를 바꾸기 위해 최선을 다하고 있다 여겼다.

허나 과연 정말 의미가 있는 걸까 하는 의문이 계속해서 생긴다. 자신이 두 번째 삶을 사는 걸 아는 자들이라면 또 무엇인가가 준비되어져 있는 게 아닐까?

허나 아무리 생각해도 결국엔 답을 찾을 수 없는 고민일 뿐.

괜찮다며 심각했던 표정을 풀고 소면을 먹기 시작한 천무진을 백아린은 가만히 바라봤다. 그녀는 그의 고민이 깊어지고 있다는 걸 옆에서 계속 봐 왔기에 알 수 있었다.

'뭘 그렇게 고민하는 걸까?'

천무진은 항상 뭔가를 생각한다.

그리고 그중 많은 부분을 백아린 자신도 알고 있다 여겼다. 적화신루에 의뢰를 하기 위해 직접 말하기도 하고, 옆에서 함께 싸워 가며 자연스레 알게 된 것들도 있다.

그런데 정작 천무진이 가지고 있는 고민 중 가장 중요한 것의 실체를 백아린은 알지 못했다.

천무진이 두 번째 삶을 살고 있는 것이고, 과거 어떠한 일을 겪었는지 알 수 없는 그녀로서는 당연한 의문이었다.

그때였다.

"거기 있었네."

뒤편에서 들려오는 목소리.

당자윤의 것이 분명했다.

천무진은 소면을 먹던 와중에 와락 표정을 구겼다. 평소라면 몰라도 가뜩이나 기분이 좋지 못한 상황, 지금 이 목소리가 자신에게 향하고 있는 거라면 무척이나 짜증이 날 것만 같았다.

유들유들하게 넘기기엔 다소 신경이 날카로운 상태였으니까.

천무진은 귀찮다는 듯 먹던 소면을 내려놓고는 자리를 박차고 일어났다.

허나 그때 옆으로 다가온 당자윤이 손을 빠르게 움직였다.

"어이, 어딜 가려고."

어깨에 팔을 두르며 당자윤이 천무진의 몸을 내리눌렀다.

이 정도의 힘을 버텨 내는 건 천무진에게 아무렇지도 않은 일이었지만, 지금 그는 무림맹 홍천관의 무인 무진을 연기하고 있는 중이었다.

당연히 이걸 쉽사리 받아쳐 낼 수가 없었다.

결국 천무진은 못 이기는 척 그의 팔에 눌려 다시금 일으켜 세우던 몸을 의자에 앉혀야만 했다.

자연스레 천무진의 어깨에 팔을 두른 채로 당자윤은 비어 있는 옆자리에 착석했다.

그는 표정을 구긴 천무진을 바라보며 가볍게 피식 웃고는 이내 시선을 앞으로 돌렸다. 그곳에는 다소 냉기가 흐르는 눈빛으로 당자윤을 바라보고 있는 백아린이 자리하고 있었다.

그녀를 향해 당자윤이 입을 열었다.

"소저도 여기서 또 뵙는군요. 딱히 인사를 드릴 기회가 없었던 것 같은데 저는……."

당자윤의 말이 이어지는 그때였다.

탁.

백아린이 젓가락을 소리 나게 내리고는 입을 열었다.

"어깨에 두른 그 손 치우시죠?"

*　　　*　　　*

자신의 말을 자르는 백아린의 행동에 당자윤은 잠시 불쾌함이 치밀었지만, 이내 그는 천무진의 어깨에 두른 손을 떼며 가볍게 어깨를 으쓱해 보였다.

"이런, 실례했군요. 좀 아팠나?"

당자윤의 질문에 천무진이 대수롭지 않다는 듯 대꾸했다.

"그다지."

손 치우라는 백아린의 한마디 덕분에 천무진의 표정은 아까보다 한결 나아져 있었다.

제대로 당황한 표정을 지어 보였던 당자윤의 얼굴을 보며 그나마 마음이 후련했고, 덕분에 감정을 추스를 여유가 생겼다.

잠시 천무진에게로 향했던 당자윤의 시선이 백아린에게로 움직였다.

"며칠 사이에 꽤나 친해지신 것 같군요."

"네, 맞아요."

백아린은 간단하게 고개를 끄덕이며 대답했다. 그런 그녀를 향해 당자윤이 입을 열었다.

"이 친구가 홍천관 소속이신 건 아시죠?"

"알아요. 그런데 그게 뭐 문제라도 되나요?"

무슨 상관이냐는 듯이 백아린이 되묻자 당자윤은 함께 자리하고 있던 다른 이들을 향해 슬그머니 눈짓을 보냈다.

그러자 천무진과 백아린을 제외하고 같은 탁자에 자리하고 있던 세 사람이 황급히 자리에서 일어나서 움직였다.

성격이 좋지 않기로 유명한 당자윤과 괜한 문제를 일으키고 싶지 않았기 때문이다.

그렇게 다른 이들을 주변에서 물린 이후에 당자윤이 작은 목소리로 속삭였다.

"줄을 잘 서시는 게 좋을 것 같다는 말을 드리려는 겁니다. 무림이라는 곳이 그렇거든요."

아무리 작은 목소리라고 한들 코앞에서 내뱉은 소리, 무인이라면 듣지 못할 리가 없다. 애초에 이 말 자체가 백아린에게 한 것이면서 천무진을 향한 경고의 의미도 담고 있었다.

너와 난 다르다.

당자윤은 그렇게 말하고 있었다.

백아린은 자신의 앞에서 한껏 기고만장한 표정을 짓고 있는 그가 무척이나 가소로웠다.

사천당문이라는 이름을 제외하고 당자윤이라는 인물 자체가 무림에서 해낸 일이 과연 뭐가 있을까? 그가 이곳까지 올 수 있었던 모든 원동력은 사천당문의 힘이었다.

물론 잠룡대 내에서 두각을 드러낼 정도로 재능이 있다는 소리는 들었다.

허나 그건 그들 사이에서다.

무림은 넓고, 그 안에는 생각지도 못한 엄청난 괴물들이 존재하곤 한다.

지금 당자윤의 옆에 자리하고 있는 천무진처럼.

자신이 옆에 있는 상대에게 십초지적도 되지 못한다는 사실을 알면 과연 지금 저 자신감 가득한 얼굴이 어떻게 변할지 백아린은 내심 궁금했다.

백아린이 웃으며 입을 열었다.

"제가 어느 줄에 설지 걱정하기 전에 눈치부터 좀 키워야겠네요."

"……그게 무슨 말입니까?"

백아린의 환한 미소에 잠시 넋을 잃었던 당자윤이었지만 이내 그녀의 뜻 모를 한마디가 신경이 쓰였는지 또렷한 눈빛을 되찾고 되물었다.

그리고 때마침 백아린의 시선에 뒤편 계단으로 내려오고 있는 삼 조를 이끄는 조장 남궁격이 들어왔다.

자연스레 그녀가 그걸 이용해 말을 돌렸다.

"저희 조장님이 오셨거든요. 그쪽 자리로 가는 게 좋을 것 같아서요."

그제야 뒤편으로 고개를 돌린 당자윤은 막 아래로 내려선 남궁격을 발견했다. 조금 더 이곳에서 백아린과 마주하고 싶었던 그로서는 다소 불쾌한 듯 짧게 혀를 찼다.

"쯧."

하지만 더는 이곳에서 자신의 힘자랑을 하기엔 애매해졌다 여겼는지 당자윤이 자리에서 벌떡 일어났다.

그가 백아린을 향해 먼저 인사를 던졌다.

"그럼 소저 나중에 또 뵙지요."

백아린은 괜히 찻잔을 입에 가져다 댄 채로 그의 말에 대답하지 않았다. 그런 그녀의 행동에 당자윤은 부아가 치밀었지만, 최대한 여유로운 표정을 지어 보였다.

여인의 이런 행동 하나에 기분 나쁜 티를 냈다가는 주변 사람들에게 속 좁은 사내로 보일 수도 있다 여긴 탓이다.

막 몸을 돌리던 당자윤이 이내 몸을 굽혀 천무진의 귓가에 입을 가져다 대고는 속삭였다.

"넌 이번 별동대 여정을 잘 즐기도록 하고. 임무를 나와 사고를 치고 싶진 않아서 지금은 그냥 넘어가 주지만……
맹에 돌아가면 그때 두고 보자고."

말을 마친 그가 천무진의 어깨를 두 번 툭툭 치더니 이내
걸음을 옮겼다.

천무진은 곧바로 당자윤이 두드렸던 어깨를 마치 더러운
게 묻기라도 한 것처럼 손으로 가볍게 쓸어내렸다.

그때 백아린의 전음이 날아들었다.

『괜찮아요?』

『짜증은 좀 나지만 기분이 불쾌하거나 하지는 않아.』

자신을 비웃던 상대.

하지만 그 상대와 수준 차이가 나도 너무 나 버리니 불쾌
함이 밀려들 이유가 없었다.

그저 겁도 없이 까부는 하룻강아지를 보는 것만 같은 가
소로운 기분이었다.

허나 확실한 것 하나.

이번에 시비를 거는 건 막 홍천관에 들어갔던 당시 방건
에게 당했던 것과는 많이 다르다는 거였다.

그래서 방건의 경우엔 오히려 천무진이 그를 도와주고
넘어가 주었지만…… 이번엔 아니다.

백아린이 자신에게 내미는 찻잔을 받아 들며 천무진이
덤덤하게 전음을 날렸다.

『아무래도 저놈은 그냥 못 넘어가겠네.』

따뜻한 차로 목을 축인 천무진은 이내 백아린을 바라봤다. 그의 시선을 느낀 그녀가 마찬가지로 천무진을 바라봐 눈빛을 맞출 때였다.

천무진의 전음이 이어졌다.

『저 자식 당황하게 한마디 날려 준 거 고마워. 덕분에 기분을 좀 추슬렀거든.』

생각지도 못한 고맙다는 말에 백아린은 놀란 듯 천무진을 바라봤다.

언제나 적당한 거리를 둔 채로 각자의 길을 걸어가는 두 사람이다.

그렇지만 지금의 이 한마디는 뭔가 그 길을 벗어나 한 걸음 자신에게 다가온 듯한 기분이 들어서인지 백아린은 왠지 모를 묘한 느낌을 받았다.

그녀는 자신도 모르게 피식 웃었다.

그리고 자신감 가득한 어조로 전음을 보냈다.

『필요하면 언제든 말해요. 계속해서 저 자식 속을 박박 긁어 줄 테니까. 저 그런 거 하나는 엄청 자신 있거든요.』

자신만 믿으라는 듯 씩씩한 표정을 지어 보이는 백아린을 보며 천무진이 장난스럽게 전음을 날렸다.

『그거 알아? 지금 그 말 성격 엄청 나빠 보이는 거.』

그 한마디에 백아린이 눈을 부릅떴다.

『……뭐라고요?』

*　　*　　*

객잔에서 하루를 머물고 삼 일 후.

쉼 없이 움직이고 있음에도 불구하고 별동대는 아직도 귀주성의 삼분지 일조차 채 지나지 못하고 있었다.

귀주성으로 들어온 이후 별동대의 이동 속도가 점점 느려지고 있었기 때문이다. 잦은 비와, 높은 산들이 문제였다.

귀주성은 원래부터 맑은 날씨가 얼마 없을 정도로 우기도 길고, 흐린 날이 대부분이었다.

비로 인해 질퍽거리는 땅에다가 지형까지 좋지 못하니 말이 달리는 속도가 느려질 수밖에 없었다. 거기다 무인들의 체력 소모 또한 심했다.

잠시 나무들 아래에서 쏟아지는 비를 피하며 챙겨 온 육포로 점심 식사를 대신하고 있는 그때, 단엽을 향해 이지강이 다가왔다.

"이보게."

"무슨 일입니까?"

커다란 나무 아래에서 비를 피하며 마찬가지로 육포를

우적거리던 단엽이 자리에서 일어나며 그를 맞았다.

가까이 다가온 이지강이 입을 열었다.

"이대로 산길을 따라 계속 움직이는 건 무리야. 차라리 관도로 이동하는 건 어떤가?"

"……흐음."

단엽이 고민스러운 표정을 지어 보였다.

그 또한 예상치 못한 빗줄기 때문에 점점 속도가 떨어지고 있다는 사실을 알고 있었다. 거기다 사실 산길을 탐으로 인해 꽤나 먼 거리를 돌아서 가고 있는 상황이었다.

빠른 길이 아님에도 불구하고 굳이 산길을 타고 움직이는 이유는 바로 구천회 때문이다.

최대한 자신들의 존재를 들키지 않고 움직이기 위해 산길을 이용하고 있었다.

물론 이 정도로 많은 무인들이 움직이는 상황이니 이미 그들의 정보망에 들켰을 확률이 크긴 했지만, 그래도 관도를 타고 움직이는 것보다는 산길이 그나마 안전하다 판단했다.

제아무리 구천회가 사파에서 손꼽히는 세력이라고 해도 귀주성 전체를 틀어막을 수는 없었으니까.

그나마 안전한 길로 가고자 조금 시간이 더 걸리더라도 돌아서 움직이던 상황. 그렇지만 이렇게 시간이 길어진다면 이야기는 또 달라진다.

'결국 위험을 감수해야 한다는 건데…….'

단엽이 쓰고 있는 죽립의 앞부분을 어루만지며 입을 열었다.

"아시겠지만 이곳은 구천회의 세력권입니다. 관도를 통한다면 다소 위험을 감내해야 할 수도 있습니다."

"어쩌겠는가. 지금 상황에서 원래의 일정대로 산을 타고 움직이면 너무 늦어 버리고 말아. 거기다 구천회도 우리를 함부로 하지는 못할 터, 만약이라도 문제가 생긴다면 이야기로 풀어 보면 될 게야."

말을 하는 이지강을 바라보며 단엽은 죽립 속으로 손을 넣어 뒷머리를 긁적였다.

'그건 당신이 구천회를 몰라서 하는 말이지…….'

대화로 풀어 나가기에는 쉽지 않은 상대다.

허나 말대로 무림맹의 무인들을 함부로 죽이지는 못할 거라는 건 그도 염두에 두고 있었던 부분이다.

천무진에게 의중을 물어볼까도 싶었지만 이미 이런 결정에 대해서는 자신이 모두 위임받은 상태다.

스스로 나은 쪽을 판단하고 결정을 내려야 했다.

단엽은 빠르게 머리를 굴렸다.

이곳까지 온 상황에서 관도를 타고 움직이다 구천회를 만날 확률이 얼마나 될지를 계산한 것이다.

어찌 보면 반반의 확률.

결국 단엽이 마음을 정했다.

"그럼 관도를 타고 움직이는 걸로 정합시다."

"좋아, 그럼 그렇게 알고 말머리를 돌리도록 하지."

굳어 있던 표정을 한결 풀며 이지강이 곧바로 몸을 돌려 사라졌다.

그리고 멀어지는 그를 바라보던 단엽은 손에 쥐고 있던 육포를 다시 입에 넣고 우적우적 씹으며 중얼거렸다.

"끄응, 결정을 했지만 그래도 뭔가 불안한데 말이야."

하지만 단엽은 애써 그 불안을 지웠다.

그가 손을 번쩍 들어 올리며 소리쳤다.

"에라, 모르겠다. 만난다고 해서 죽는 것도 아니고 어떻게든 되겠지."

단엽은 육포를 모두 입 안에 욱여넣고는 곧바로 옆에 있는 말에 올라탔다.

찝찝하기는 했지만, 이 속도로 가다가는 오히려 더 큰 문제가 벌어질 수도 있음을 알기에 내린 결정.

지금으로선 그저 운이 좋기를 기도하는 수밖에 없었다.

관도로 방향을 바꾸고 달린 지 대략 두 시진 정도 흘렀을까, 하늘에서 쏟아지던 빗줄기는 거짓말처럼 멈췄다.

그나마 다행이긴 했지만, 일행들은 여전히 거친 땅을 밟으며 내달렸다.

그래도 산길에 비해서 훨씬 달리기 용이한 관도를 따라 움직인 덕분인지 이동 속도는 아까와 비교도 되지 않을 정도로 빨랐다.

그렇게 계속해서 달려 해시(亥時)가 될 무렵이 되어서야 별동대는 움직임을 멈췄다.

나무에 둘러싸여 혹시나 비가 와도 그나마 나을 만한 장소를 발견했기 때문이다.

여정에 잔뜩 지친 별동대의 무인들은 서둘러 천막을 쳤고, 이내 간단하게 늦은 저녁을 먹은 후 불침번 몇 명만을 제외하고 다들 깊은 잠에 빠져들었다.

단엽 또한 마찬가지로 자신의 천막에 들어가서 휴식을 취하고 있었다.

엎어진 채로 깊은 잠에 빠져 있던 단엽. 그런데 갑자기 그의 손가락 끝이 꿈틀거렸다.

그러고는 이내 단엽이 자리에서 벌떡 일어났다. 잠에 취해 있던 그의 얼굴에는 짜증이 잔뜩 묻어나 있었다.

잠이 다소 덜 깬 듯한 멍한 얼굴로 단엽이 중얼거렸다.

"아 왠지 기분이 더럽더라니……."

뜻 모를 말을 내뱉으며 단엽이 자신의 머리를 마구 헝클

어트렸다.

그러고는 이내 옆에 놔뒀던 죽립으로 얼굴을 가린 채 천천히 천막 바깥으로 걸어 나왔다.

그가 막 바깥으로 나서는 순간 멀리에서 날아드는 무엇인가가 눈에 들어왔다.

그렇지만 단엽은 꿈쩍도 하지 않았다.

그것이 노리는 게 자신이 아니라는 걸 알기 때문이다.

쒜엑!

퍽퍽퍽!

일부러 경고의 의미로 날린 것이 분명한 화살들 수십 개가 나무에 틀어박혔다.

단엽의 시선이 자연스레 인근에 박혀 있는 화살로 향했다. 그리고 그 화살의 뒷부분에는 특이한 장식이 달려 있었다.

하얀색과 붉은색이 섞여 있는 묘한 깃털.

그리고 단엽은 이 깃털이 의미하는 것이 무엇인지 너무도 잘 알았다.

전 중원을 뒤져서 이 같은 장식이 달린 화살을 사용하는 건 단 한 곳이었으니까.

갑작스럽게 날아든 화살에 불침번을 서던 무인들이 놀라 경고의 고함을 치기 시작했고, 이미 어느 정도 실력을 지닌 이들은 그 전에 자리를 박차고 바깥으로 나와 있는 상황이었다.

"뭐야?"

"적이다! 상황에 대비하라!"

놀라 소리치는 별동대의 무인들을 뒤편에서 바라보며 단엽은 골치 아픈 표정을 지어 보였다.

불길한 예상은 왜 항상 들어맞는 걸까?

단엽이 나무에 박힌 화살 하나를 뽑아 들며 깊은 한숨을 내쉬었다.

"하아, 구천회네."

6장. 감금 —
싸우자는 겁니까

구천회의 등장.

기습을 눈치챈 것은 비단 단엽뿐만이 아니었다. 각자의 천막에 자리하고 있던 천무진과 백아린, 한천 모두가 이미 구천회가 나타나기도 전에 그들의 움직임을 눈치챈 상황이 었다.

제법 먼 거리에서 은밀하게 움직였지만, 그들의 기척을 알아차리는 건 이들에게 그리 어려운 일이 아니었다.

천무진은 자신의 옆으로 다가온 백아린과 슬쩍 시선을 맞추며 뒷머리를 긁적거렸다.

'귀찮게 됐군.'

최대한 조용히 목적지까지 가고자 했거늘, 아직 절반도 오지 못한 지금부터 뭔가 꼬이는 느낌이 들었기 때문이다.

그 순간 모두의 귓가로 별동대를 이끄는 이지강의 목소리가 들려왔다.

"진형을 갖춰라!"

소리를 치는 그의 옆으로 어느새 단엽이 빠르게 다가갔다. 이지강이 아직까지도 어둠 속에 숨어 모습을 드러내지 않는 적들이 있는 방향을 응시하며 물었다.

"누군지 알겠는가?"

"구천회입니다. 이런 화살 장식을 쓰는 놈들은 그들밖에 없거든요."

손에 들고 있는 화살을 흔들며 단엽이 말했고, 이지강은 나지막이 중얼거렸다.

"……역시 구천회인가."

말을 하는 이지강의 얼굴에 곤란하다는 감정이 스쳐 지나갔다. 차라리 멋모르는 녹림도들이었으면 했지만 사실 그럴 확률이 그리 높지 않다는 건 이지강 또한 알고 있었다.

사파를 대표하는 네 개의 세력 중 하나인 구천회의 영역, 녹림도들을 그냥 뒀을 리가 없었다.

처음 십여 개에 달하는 화살을 날려 나무에 틀어박은 것을 제외하고는 그들은 별다른 움직임을 보이지 않고 있었다.

애초부터 구천회 또한 무림맹의 무인들을 죽일 의도가 없다는 소리였다. 그들 또한 미치지 않고서야 아무런 이유 없이 무림맹과의 싸움을 원하지는 않을 터.

이지강이 나섰다.

"무림맹의 풍뢰검(風雷劍) 이지강이오. 그리들 숨어 있지만 마시고 나오시오."

이지강의 자신의 정체를 밝혔을 때였다.

"호오, 풍뢰검이라. 생각보다 거물이셨구려."

마치 쇠를 긁는 것 같은 소름 끼치는 목소리와 함께 기다렸다는 듯 노인 한 명이 어둠 속에서 걸어 나왔다. 작은 키에 덩치 역시 너무도 왜소했지만 풍겨져 나오는 범상치 않은 기운이 결코 녹록지 않은 자라는 걸 말해 주고 있었다.

칠십이 훌쩍 넘어 보이는 외향에 작은 덩치.

그리고 손에 든 청색의 긴 지팡이를 연상케 하는 무기까지.

이지강은 상대의 정체를 곧바로 알아볼 수 있었다.

'고루혈괴(骷髏血怪) 심방(深芳)?'

지금은 무림에서 크게 활동하고 있지 않지만 이십 년 전까지만 해도 구천회의 일선에서 움직이던 고수다. 손속이 꽤나 잔혹하고, 한번 눈 밖에 나면 상대가 누구라고 해도 결코 물러나지 않는다는 지독한 독종이다.

그리고 심방은 이지강보다 한 단계 위급의 고수였다.

애초에 운이 나쁘게 구천회와 조우하게 된다고 해도 대화로 풀어 가려 했던 이지강이다.

어차피 그들에게 해코지를 한 것도 아니고, 잠시 그들의 구역을 지나쳐 가는 정도니 쉽게 대화로 풀 수도 있다 여겼으니까.

그러던 와중에 만나게 된 구천회, 원래도 싸움을 피하려 했지만, 그들을 이끄는 수장의 정체를 알게 되자 그 생각은 더욱 커졌다.

고루혈괴 심방, 그는 싸워서는 안 될 상대다.

심방이 성큼 무림맹 무인들을 향해 다가서는 바로 그때였다.

막 이지강이 입을 열려는 찰나 선두에 서 있던 별동대의 무인 중 하나가 그를 향해 검을 겨눴다.

아직 무림에서의 경험이 적은 새파랗게 어린 사내였다.

"멈춰라!"

상대의 신체를 겨눈 검이 날카로운 빛을 쏟아 냈고, 그걸 보는 순간 이지강은 움찔했다.

'저런 어리석은……!'

이지강에게서 움직이라는 명령이 떨어지지도 않았거늘 지레 앞서서 다가오는 상대방에게 직접적으로 검을 겨눈 것이다.

피식.

상대를 바라보며 심방이 가벼운 비웃음을 흘렸다.

지금 이런 행동이 의미하는 바가 무엇인지 모르냐는 듯한 모습이었다.

이곳은 구천회의 구역, 그곳에서 직접적으로 검을 겨눴다. 이건 정식으로 싸움을 하자는 말로 받아들여도 전혀 이상할 것 없는 상황이 되어 버렸다.

심방의 시선이 놀라서 눈을 치켜뜨는 이지강에게로 향했다.

"허어, 나는 무림맹 쪽도 우리와 대화로 풀어 가기를 바랄 거라 여겼는데…… 내 착각이었나 봅니다."

말과 함께 심방이 손을 들어 올렸다.

순간 그의 뒤편에서 숲을 가득 채우는 발걸음 소리가 울려 퍼졌다.

터벅, 터벅.

어둠 속에서 밀려 나오는 발소리.

동시에 여태까지 어둠 속에 몸을 감추고 있던 일련의 무리가 서서히 모습을 드러내기 시작했다.

그 숫자는 무려 이백 명은 되어 보였다.

무림맹의 별동대보다 세 곱절 이상 많은 숫자였다. 생각보다 많은 무인들이 등장하자 심방을 향해 검을 겨눴던 젊은 무인이 움찔하며 뒷걸음질 쳤다.

그들에게서 풍겨져 나오는 살기 때문이었다.

심방이 웃는 얼굴로 입을 열었다.

"그쪽이 검을 들었으니, 우리 구천회도 그에 맞는 방식을 취해야겠군요."

구천회라는 말에 그들의 정체를 모르고 있던 이들이 놀란 듯 움찔했다. 만만치 않은 적이라는 건 알고 있었지만 설마 이 구역의 패자인 구천회일 거라 생각한 이는 그리 많지 않았던 것이다.

검을 겨눴던 젊은 무인 또한 자신이 무슨 실수를 한 것인지 깨닫고는 얼굴이 새카맣게 변했다.

이지강이 서둘러 나섰다.

"아직 미숙한 젊은 무인의 실수입니다. 노선배께서 넓은 아량으로 이해해 주시지요."

빠른 사과 덕분이었을까?

심방이 다시금 손을 들어 올렸다.

그러자 모습을 드러냈던 구천회의 무인들 모두가 그 자리에서 발을 멈추어 섰다.

심방이 여전히 웃는 얼굴로 입을 열었다.

"뭐, 좋습니다. 풍뢰검의 말대로 아직 새파란 애송이 하나가 주제도 모르고 날뛴 거라 생각하면 한 번 정도 넘어가 줄 수도 있지요."

말을 하며 심방이 젊은 무인을 향해 강렬한 눈빛을 쏘아 보냈다.

웃고 있는 입가에 걸린 진득한 살의.

만약 이 젊은 사내에게 무림맹이라는 든든한 배경이 없었다면 과연 지금까지 목숨이 붙어 있는 것이 가능했을까?

아니, 아마도 어려웠을 게다.

지금은 점잖게 말을 이어 가고 있었지만, 심방이라는 노인은 무척이나 위험한 인물이었으니까.

"넓은 아량으로 이해해 주시니……."

"허나, 이건 그냥 넘어가기 어렵겠군요."

"뭘 말씀하시는 겁니까?"

"무림맹의 부대가 지금 이곳에 자리하고 있다는 사실 말입니다."

귀주성의 모든 구역이 구천회의 영역은 아니다.

허나 지금 무림맹 별동대들이 자리하고 있는 이곳은 그들의 본거지와 무척이나 가까웠다. 그들이 날을 세우는 건 당연했다.

정파와 사파.

언제라도 싸울 수 있는 사이다.

무림맹의 별동대가 자신들의 안채와 가까운 인근을 지나쳐 가는 것은 두 세력 간의 좋지 못한 사이를 염두에 두고 봤을 때 당연히 그냥 넘어갈 문제가 아니었다.

이들이 자신들을 염탐하러 온 간자일 수도 있는 노릇 아니던가.

무엇을 염두에 두고 이 같은 말을 꺼냈는지 알기에 이지강은 곧바로 답했다.

"오해는 마시지요. 중요한 임무가 있어 잠시 길을 따라 움직이고 있던 것뿐입니다. 구천회에게 피해를 줄 일은 절대 없으니 길을 내주시지요."

"물론 그러실 수도 있지요. 그렇지만 그 말 하나만을 듣고 그렇군요, 하고 보낸다면…… 모두가 저희의 지역을 짓밟고 다니겠지요."

아무나 지나다닐 수 있는 길이 된다면 그 누가 구천회의 이름을 두려워하고, 또 그들의 영역을 존중하겠는가.

그 사실은 이지강 또한 알고 있었지만, 대화로 어떻게든 풀어 가려는 자신과는 다르게 바짝 날을 세우고 있는 구천회 쪽의 모습에 슬슬 화가 치밀기 시작했다.

마치 싸우자는 말로 들려왔으니까.

천룡성을 도와, 실종되는 고아들에 대한 조사를 하고자 빠르게 광서성으로 가야 하는 상황인지라 최대한 마찰을 피하고자 했다.

자신들이 움직이는 걸 조용히 처리하라는 무림맹주의 명령이 있었으니까.

가능하면 조용히 지나가려고 했지만, 만약 저쪽에서 먼저　싸움을 걸어온다면…… 피할 생각은 없었다.

정파의 기둥인 무림맹이다.

그런 자신들이 사파인 구천회에게 쩔쩔맬 수만은 없는 노릇이었다.

"지금 그 말은…… 싸우자는 겁니까?"

말을 내뱉는 이지강의 목소리에는 가시가 가득했다.

정 안 된다면 목숨을 건 싸움도 불사하겠다는 뜻을 보여 준 것이다.

그를 바라보며 심방이 손사래를 쳤다.

"그럴 리가요. 정식으로 출범한 무림맹의 부대를 건드린다는 건 곧 전면전을 하자는 말인데…… 이 정도 문제로 그런 큰일을 벌인다면 서로가 우스운 노릇 아니겠습니까."

경험 많은 노고수다.

그랬기에 지금 이 상황에서 어떤 행동을 하는 것이 가장 옳은지 누구보다 잘 알고 있었다.

심방이 말을 이었다.

"구천회의 구역에 들어오신 것이니, 당연히 우리의 규칙을 따라야 맞는 것 아니겠습니까?"

"원하시는 게 뭡니까?"

심방의 말대로 이곳은 구천회의 구역이고, 허락도 받지 않고 들어선 건 무림맹의 별동대다. 말도 안 되는 규칙만 아니라면 어느 정도 그들의 의사에 따라 줄 의향이 있었다.

이지강의 질문에 그가 곧바로 답했다.

"따라오시지요. 구천회에서 잠시 모시다가 판단이 내려오면 돌려보내 드리지요. 뭐, 그리 길지는 않을 겁니다."

"……."

말을 듣는 순간 이지강의 표정이 꿈틀거렸다.

지금 저 말은 자신들을 잡아 두겠다는 소리가 아닌가.

잠시 발이 묶이는 것도 분명 문제였지만, 그보다 더 큰 일은 그들이 자신들에게 길을 내주지 않을 것 같다는 점이었다.

최악의 경우 다시금 무림맹이 있는 사천으로 내쫓기게 될 터인데 그건 자신이 바라던 바가 아니다.

이지강이 목소리에 힘을 주며 말했다.

"우리는 반드시 길을 따라 가야 합니다."

"그건 구천회의 상부에서 판단할 일이지요."

심방이 지지 않고 받아쳤다.

이지강은 직감적으로 문제를 이곳에서 대화로 풀 수 없을 거라는 확신이 들었다.

그가 꼬여 버린 상황에 깊은 한숨을 내쉬며 슬쩍 천무진을 향해 전음을 날렸다.

『어떻게 하는 게 좋겠습니까?』

외부에서 볼 때 별동대를 움직이는 건 이지강이었지만, 사실상 이번 임무의 결정권자는 천무진이라고 봐야 옳았다.

이지강이 전음을 날리기 전부터 이미 고민을 하고 있었던 터라 천무진은 생각보다 빠르게 답변을 주었다.

『우선 따라가야 할 것 같군요.』

『일정에 차질이 생기지 않을까요?』

『그럴 확률이 크긴 하지만…… 그렇다고 저들과 이곳에서 싸운다면 그건 더 어리석은 행동이니까요.』

사실 지금 상황에서 저들의 제안을 받아들이지 않겠다는 건 곧 싸우자는 말이나 다를 게 없다.

그리고 방금 전 심방이 말한 것처럼 이 정도 일로 서로 전면전까지 가게 되는 건 실로 우스운 상황.

거기다 단순하게 지금 이곳에서 구천회와 싸운다고 끝날 일이 아니라는 것이 더 큰 문제다.

무림맹과의 전면전이나 이런 건 나중 일로 두더라도, 지금 광서성으로 향해야 할 자신들의 뒤를 구천회의 병력이 계속해서 뒤쫓을 게다.

고작 육십 명 정도의 별동대, 그들로 구천회의 실질적인 힘과 맞설 수 있을 리가 없었다.

광서성으로 가서 중요한 임무를 해야 하는 지금 그 같은 번거로운 일을 만들 수도 없는 노릇이다.

『그들에게서 빠져나오는 데 생각보다 시간이 오래 걸릴 수도 있습니다.』

『아마도 그럴 일은 없을 겁니다.』

『무슨 방법이라도 있으신 겁니까?』

물어 오는 이지강의 질문에 천무진의 시선이 잠시 한쪽으로 향했다.

그곳에는 여전히 죽립을 눌러쓴 채로 이 모든 상황을 방관만 하고 있는 단엽이 있었다.

천무진의 확신 어린 전음이 이지강에게 날아들었다.

『네, 있습니다.』

『……알겠습니다. 그럼 시키시는 대로 하지요.』

천무진에게 뭔가 방도가 있음을 알게 되자 이지강은 더는 고민하지 않았다.

그가 심방을 향해 말했다.

"좋습니다. 우선 따라가도록 하지요."

생각보다 순순하게 대답하는 이지강의 모습에 심방이 속으로 의아해했다.

'이상하군그래. 최소한의 마찰 정도는 각오했는데 말이야.'

분명 뭔가 중요한 일이 있는 것 같은 모양새였다.

그렇지 않다면 애초에 구천회의 영역에 발을 집어넣는 행동 따위는 하지 않았을 테니까.

허나 이내 심방은 상념을 지우며 입가에 미소를 머금었다.

"잘 생각하셨습니다. 그럼 편히 모시도록 하지요."

＊　　　＊　　　＊

싸움이 벌어질 뻔했던 장소에서 약 두 시진 정도 걸리는 곳에 위치한 커다란 분타.

이곳은 수십여 개에 달하는 구천회의 분타 중 하나였다. 기거하고 있는 구천회 무인의 숫자만 대략 천여 명에 육박하는 거대한 거점이다.

입구에 들어서는 순간부터 주변에서 쏟아져 들어오는 매서운 눈초리가 절로 사람을 움츠러들게 만든다. 그렇지만 별동대 무인들은 최대한 어깨를 편 채로 걸었다.

사전에 이지강을 통해 이런 상황에 대한 명령을 하달받은 탓이다.

이지강은 말했다.

무림맹의 자부심을 지키라고.

적지로 들어가게 된 상황이지만 그들 또한 결코 자신들을 함부로 대할 수는 없을 거라며, 결코 위축되는 모습을 보여선 안 된다고 신신당부를 한 것이다.

그런 명령 때문인지 많은 젊은 별동대 무인들도 경험이 없어 당황할 법한 상황에서 애써 침착한 척 앞으로 걸음을 옮겼다.

그렇게 구천회의 거대 거점 내부에서 그들이 안내받은 장소는 다름 아닌 커다란 연무장이었다.

편히 모시겠다는 말과는 다르게 심방은 무림맹의 별동대들을 이곳 연무장 안에 모두 들어가게끔 했다.

그가 사람 좋게 웃음을 흘리며 말했다.

"허허, 갑작스럽게 손님을 받은 거라 딱히 장소가 마련된 곳이 없군요. 감옥으로 보낼 수는 없는 노릇이라 이곳 연무장에서 한동안 지내셔야 할 것 같은데 문제는 없을 겁니다."

"……상관없습니다."

이지강이 짧게 답했다.

사실 말이 연무장이지 이렇게 커다란 건물 안에 가둬 두고 밖에서 감시를 하는 상황이면 감옥이랑 다를 게 없었다.

그렇지만 별동대를 쪼개서 가둬 두는 것보다는 차라리 이렇게 모두 모아 두는 것이 낫다는 판단이 섰기에 이지강은 크게 불만을 토해 내지 않았다.

혹시 모를 상황에 대비해야 한다면 이렇게 뭉쳐 있는 쪽이 더 나았으니까.

"그럼 전 상부에 보고를 해야 해서 이만. 곧 다시 찾아뵙지요."

인사를 마치고 심방은 곧장 연무장을 빠져나갔다.

연무장 내부에 남게 된 별동대 무인들의 표정은 어두웠다.

생각지도 못하게 구천회에 잡혀 온 상황 때문이다.

침체된 분위기를 수습하기 위해 이지강이 빠르게 명령을 내렸다.

"어쩌다 보니 일이 좀 꼬였는데 조만간 나갈 수 있을 거다. 다들 짐 풀고, 우선 휴식들부터 취해."

다행히도 연무장의 크기는 꽤나 컸기에 육십 명이 넘는 인원들이 쉬는 것에는 큰 문제가 없었다. 일행들이 하나씩 짐을 풀며 조금씩 이야기를 나누기 시작한 그때였다.

마찬가지로 자신의 짐을 내려놓고 벌렁 눕던 단엽에게로 천무진의 전음이 흘러들어왔다.

『어이, 단엽.』

막 자리에 누운 단엽이 고개를 돌려 전음이 들려온 쪽을 응시했다.

벽에 기대어 선 천무진이 보이지 않을 정도로 작게 손가락을 까닥거렸다. 좀 쉬려고 하던 단엽이 표정을 와락 구기며 몸을 일으켜 세웠다.

죽립을 고쳐 쓰며 단엽이 성큼 천무진을 향해 나아갔다. 그리고 단엽이 움직이는 걸 눈치챈 백아린과 한천이 동시에 천무진의 근처로 다가갔다.

추후의 계획을 알고 싶어서였다.

벽에 기대어 서 있는 천무진의 옆으로 백아린과 한천이 적당한 거리를 두고 자리했다.

그리고 그 반대편에 단엽이 와서 섰다.

단엽이 작게 투덜거렸다.

"뭐야? 좀 쉬려는데?"

쉴 시간도 안 주냐며 투덜거리는 그를 향해 천무진이 씨알도 안 먹힐 소리 말라는 듯 말했다.

"쉬긴. 이제부터 네가 본격적으로 일해야 할 시간인데."

　　　　＊　　　　＊　　　　＊

　일해야 할 시간이라는 천무진의 말에 단엽의 표정이 일그러졌다.

　가뜩이나 잠도 제대로 자지 못하고 이곳까지 끌려온 지금 무슨 일을 한단 말인가.

　단엽이 자신을 가리키며 작게 물었다.

　"지금?"

　"여기서 백날 있을 거야? 어서 나가야지."

　"아니, 그거야 당연한데 나한테 뭘……."

　그걸 왜 자신한테 말하냐는 듯한 단엽의 반응.

　하지만 이야기가 여기까지 진행되자 백아린과 한천은 천무진의 의중을 알아차린 듯했다.

　백아린이 곧장 벽에서 몸을 떼고 자기의 자리로 돌아갔다.

　갑자기 휙 가 버리는 백아린의 뒷모습을 단엽이 멍하니 바라볼 때였다. 자신의 자리로 돌아가려는 듯 슬쩍 단엽을 스쳐 지나가던 한천이 히죽 웃으며 그의 어깨를 툭툭 두드리고는 이내 오른손을 세워 보이며 짧게 말을 건넸다.

　"수고."

　순식간에 사라진 두 사람의 행동에 단엽이 당황스러움을

채 감추지 못할 때였다.

그가 모르겠다는 듯 머리를 긁적였다.

'나만 모르는 거 같은 이 분위기는 뭐냐?'

왠지 모르게 싸한 느낌이 든다는 것을 제외하고는 아직까지도 전혀 감이 오지 않는지 단엽이 제 자리에 멀뚱히 서 있을 때였다.

이제부터는 주변으로 흘러 들어가면 안 될 말이었기에 천무진은 전음으로 이야기를 이어 나갔다.

『왜 이렇게 서 있어? 시작하라니까.』

『아니 뭘 시작하라는 건데?』

『여기서 나가려면 네가 움직여야 할 거 아냐.』

『나?』

『여기가 어딘지 몰라?』

같이 끌려왔는데 이곳이 구천회의 분타인 걸 모를 리가 없지 않은가. 여전히 전혀 감도 못 잡겠다는 표정인 단엽을 향해 천무진이 결국 설명을 하기 시작했다.

『여기는 사파인 구천회야. 여기서 누구의 말이 가장 먹히겠어?』

그 말을 듣고서야 단엽은 상황을 이해할 수 있었다.

천무진은 자신의 정체를 드러내지 않을 생각이었고, 무림맹 무인들의 말이 이곳에서 제대로 먹힐 리는 만무하다.

허나 단엽은 다르다.

그가 누구인가?

사파를 대표하는 단체 중 하나인 대홍련의 부련주다.

단엽이 사파 쪽에서 지니는 위치나 힘은 상상 이상이었고, 천무진은 그걸 이용할 생각인 것이다.

사실 이 같은 계획을 오늘 바로 생각해 낸 건 아니었다.

애초에 목적지인 광서성으로 가는 길 인근의 세력들은 정파가 아닌 사파와 관련된 경우가 대부분이었다.

문제가 생겼을 경우 단엽의 힘을 이용하고자 미리부터 계획해 두고 있었던 것이다.

단엽이 속한 대홍련과 구천회의 사이는 썩 좋지 못했다.

허나 그랬기에 박대하기에는 더 어려운 사이라고 봐야 옳았다.

무림맹과는 무조건적인 적대 관계라 봐야 했지만 대홍련이라면 상황에 따라 도움을 받아야 하는 입장이었기 때문이다.

거기다 비록 어쩌다 보니 벌어진 일이라고는 하지만 구천회의 무인들이 대홍련 부련주 단엽을 잡아 가둔 것으로 상황이 만들어진다면 그들로서도 무척이나 난처할 수밖에 없었다.

대홍련의 입장에서도 결코 그냥 좌시할 수 없는 일이 되어 버리니 말이다.

물론 이 일이 바깥으로 새어 나갈 일은 없을 것이다.

단엽이 무림맹과 어떤 일을 함께했다는 사실이 드러나는 것도 그리 유쾌한 일이 아니기 때문이다.

하지만 이번 일은 실종된 고아들을 찾는다는 대의명분이 있다.

사파인 단엽이 도왔다고 해도 인도적인 차원에서 명분이 서는 건 사실이었지만, 그것도 임무를 끝낸 이후에나 알릴 수 있는 부분이다.

그 전까지는 별동대의 진짜 임무 자체가 비밀이었으니까.

단엽이 물었다.

『나보고 지금 그들과 교섭이라도 하라는 거야?』

『이 상황을 가장 간단하고 빠르게 처리하는 건 그 방법이라고 생각되는데. 더 좋은 다른 방법 있어? 그러면 이야기하고.』

『아니 그런 건 없는데…….』

천무진의 말을 들으니 분명 그것이 최선이라는 생각이 들었다.

그럼에도 불구하고 단엽이 이렇게 머뭇거리는 이유는 하나였다.

뭔가 모양새가 나지 않았으니까.

대홍련의 부련주이자 엄청난 무위로 위명이 쟁쟁한 자신이 무림맹의 길 안내나 하고 있었다는 사실이 구천회의 후계자에게 알려지기라도 한다면 이게 무슨 웃음거리란 말인가.

그렇다고 천룡성의 무인에게 져서 그의 부하로 들어가 있다는 말을 할 수도 없고, 하고 싶지도 않았다.

자존심으로 살아가는 무인들의 세상.

그중에서도 유독 자존심이 강한 단엽이었기에 선택은 쉽지 않았다.

이러기도 저러기도 어려운 진퇴양난의 상황이었기에 단엽은 그저 낮은 신음만 토해 낼 뿐이었다.

"끄응."

신음 소리를 내는 그에게 천무진이 재차 전음을 날렸다.

『시간 없어. 바로 네 정체를 밝혀도 그걸 확인하는 데 시간이 걸릴 테고, 또 상부에서 답변도 들어야 할 테니 서둘러야 그나마…….』

『신분 확인은 안 해도 될 거야.』

『왜?』

『이미 아는 얼굴이 하나 있어서. 방금 봤지? 그 심방이라는 영감.』

별동대를 잡아 온 고루혈과 심방과 단엽은 이미 알고 있는 사이인 듯싶었다.

천무진이 고개를 끄덕였다.

『구면인가 보군.』

『맞아.』

『다행이네. 시간이 꽤나 단축되겠어.』

『……다행인지는 모르겠네.』

『무슨 뜻이야?』

『사이가 안 좋거든.』

사실이기도 했지만, 이걸 핑계 삼아 슬쩍 넘기면 어떨까 하는 마음을 담아 던진 한마디. 그렇지만 그 말을 듣고도 천무진은 전혀 거리낌 없이 전음을 날렸다.

『상관없어. 어차피 개인적인 일이 아닌 단체 대 단체로 얽힌 일이니까.』

사사로운 감정으로 처리될 일이 아니니 상관없다는 천무진의 말에 단엽은 결국 깊은 한숨을 내쉬었다.

지금 자신들이 하고자 하는 일이 무엇인지 잘 알고 있는 단엽이다.

그랬기에 지금 이렇게 시간을 끌면 안 된다는 것도 잘 안다.

마음의 결정을 내린 단엽이 투덜거렸다.

『젠장, 날 이렇게 써먹을 줄은 몰랐는데. 주인이 시키는 거니까 해 볼게.』

불편한 얼굴로 그가 연무장의 입구 쪽으로 터덜터덜 걷기 시작했다. 갑작스럽게 단엽이 입구를 향해 나아가자 뒤편에 있던 다른 별동대 무인들이 놀란 눈빛으로 그를 바라봤다.

이곳은 감옥이나 다름없는 곳이다.

마음대로 드나들어선 안 된다는 소리다.

이 조를 이끄는 아미파의 혜정이 서둘러 단엽을 막으려 하는 그때였다.

"내버려 두시오."

이지강이 그녀를 제지했다.

"허나……."

놀란 혜정이 이지강을 바라보며 말끝을 흐렸다.

그런 그녀를 향해 이지강이 걱정 말라는 듯 말을 받았다.

"이곳에서 나갈 비책이 있어 움직이는 거니 신경 쓰지 않아도 되오. 별문제 없을 터이니 그냥 두고 봅시다."

물론 이지강 또한 단엽이 왜 저렇게 움직이는지는 전혀 알지 못했다. 하지만 천무진이 방도가 있다 말했었고, 이곳 연무장 안에서 길 안내를 하던 단엽을 은밀히 부르는 것까지 확인했다.

단엽의 정체를 알지는 못하지만 천무진이 그를 따로 불렀고, 그 직후 저런 이해할 수 없는 행동을 하는 걸 보아하니 천무진이 그에게 뭔가 명령을 내렸다는 사실을 직감한 것이다.

뒤쪽의 시선엔 아랑곳하지 않고 단엽이 입구로 다가가서 문을 벌컥 열었다.

바로 바깥에 서 있던 무인들이 갑자기 문을 연 단엽을 매섭게 쏘아보며 들고 있던 창으로 입구를 막아섰다.

차앙!

두 개의 창이 정확하게 길을 막았고, 다른 무인 몇몇이 이쪽으로 성큼 다가섰다. 그리고 그중에 우두머리로 보이는 사내가 입을 열었다.

"들어가시오."

예의를 갖춘 말투였지만 목소리는 강압적이었다.

만약 명령을 따르지 않는다면 힘으로라도 집어넣으려고 할 것이 분명했다.

그렇지만 단엽은 전혀 아랑곳하지 않고 주변을 슥 둘러봤다.

자신의 말을 무시하는 단엽을 향해 사내가 이를 갈며 재차 경고했다.

"내 말 안 들리시오? 분명 들어가라고……."

"아아, 됐고."

자신의 말을 자르는 단엽의 행동에 사내의 얼굴이 분노로 붉게 물들었다. 마음 같아서는 당장이라도 쳐 죽여 버리고 싶었지만 그랬다가는 큰일이 벌어진다는 사실을 알기에 그는 최대한 감정을 내리눌렀다.

하지만 그건 목숨에 관련해서다.

계속 이런 식으로 나온다면 어느 정도 선에서 손을 봐 주는 건 큰 문제가 되지 않을 것이다.

사내가 이죽거렸다.

"여기가 무림맹인 걸로 착각하나 본데 이곳은 구천회고 당신은 내 말을 들어야 할 의무가……."

"길게 이야기할 기분 아니니까 빨리 가서 영감 좀 불러와."

"이 새끼가!"

더는 참기 힘들었는지 사내가 버럭 소리를 내지르며 창을 휘두르려 했다. 그렇지만 그보다 단엽의 움직임이 빨랐다.

단엽의 손이 막 움직이려는 사내의 창을 움켜잡았다.

콰드득.

너무도 빠른 움직임.

놀란 사내가 서둘러 창을 빼내기 위해 손에 힘을 주었을 때였다.

"이익!"

온 힘을 다 쏟아부은 탓에 얼굴이 새빨갛게 물들 정도였지만 놀랍게도 창은 미동조차 하지 않았다.

상황이 이렇게 되자 사내가 놀란 눈으로 단엽을 바라봤다.

죽립을 써서 얼굴조차 보이지 않는 상대였지만, 창을 움켜쥐는 그 움직임 하나만으로 이미 많은 걸 이야기하고 있었다.

거기다가 자신이 온 힘을 다 쏟아붓는데도 불구하고 창은 움직일 기미조차 보이지 않는다.

반면에 반대편에서 창을 움켜쥔 상대는 너무도 멀쩡했다.

'이놈…… 엄청난 실력자다.'

갑작스러운 상황에 주변의 분위기가 흉흉하게 변해 가는 순간, 단엽이 말을 이었다.

"내 말 못 들었어? 방금 여기서 나간 심 영감 불러오라고. 너희 지금 보고 안 하고 나한테 이러다가 나중에 윗선한테 된통 깨진다?"

단엽이 내뱉은 그 말에 사내는 정확한 상황은 알 수 없었지만, 자신이 관여할 수 없는 뭔가가 있다는 사실 정도는 짐작할 수 있었다.

무림맹과 관련된 일이기도 하고 실력 또한 허투루 볼 수 없을 정도로 범상치 않은 자다.

'내가 판단할 문제가 아니야.'

물론 정말 아무것도 아니라면 자신은 심방에게 엄청 혼쭐이 나겠지만, 그냥 넘겼다가는 뭔가 더 큰 문제가 생길 것 같다는 예감에 사내가 결국 창을 쥐고 있던 손에 힘을 풀었다.

사내가 물었다.

"뭐라고 전달드리면 되겠소? 아니면 당신 이름이라도 말해 주면 보고하겠소."

"……이름은 알려 주기 어렵고 그냥 내 얼굴 보면 알 테니까 그렇게 전달하면 될 거야."

이름도 알려 주지 못하겠다는 말에 사내는 다시금 고민했다.

허나 이내 그는 고개를 끄덕였다.

하지만 사내는 경고 또한 잊지 않았다.

"당신의 부탁대로 해 드리겠소. 다만 그쪽이 지금 이 모든 행동들에 대한 책임을 질 수 없는 자라면…… 그 대가는 톡톡히 치러야 할 것이오."

"잔소리는 됐고 시키는 대로나 해."

가뜩이나 내키지 않는 일에 나선 것이 마음에 들지 않았기에 단엽은 짜증 난다는 듯 가볍게 손을 휘휘 저었다.

사내가 옆에 있는 수하에게 가볍게 손짓했고, 이내 그에게 심방을 모셔 오라는 말을 전달했다.

명령을 받은 이가 헐레벌떡 사라진 직후.

상황이 이렇게 되자 자연스레 연무장 안쪽에서의 시선을 차단하기 위해 입구를 지키는 무인들은 열려 있던 문을 닫았다.

그렇게 단엽만이 홀로 연무장 입구에 선 채로 포위 된 상황에서 심방을 기다리고 있었다.

생각보다 시간이 길어지자 단엽은 지루한지 애꿎은 땅만 발로 푹푹 쑤시고 있었다.

그리고 약 이 각 정도가 흐른 후에야 멀리에서 한 노인이 모습을 드러냈다.

단엽이 기다리고 있던 상대, 심방이었다.

다가오는 그의 얼굴에는 한눈에 봐도 알 수 있을 정도로 진득한 노기가 서려 있었다. 입구를 지키는 무인들의 수장인 사내가 그것을 보고 안색을 굳혔다.

'단단히 화가 나신 모양인데…….'

뭔가 자신이 괜한 일을 벌인 건 아닌가 후회가 밀려드는 그 찰나, 마침내 심방이 지척에 다가와 걸음을 멈췄다.

기다렸던 상대가 온 걸 알면서도 아직까지 땅만 툭툭 차 대고 있는 단엽을 향해 그가 입을 열었다.

"날 보자고 한 것이 네놈이냐?"

심방은 자신을 오라 가라 한 상대를 보며 기가 차다는 듯 한 모양새였다.

갑작스러운 수하의 말에 무슨 헛소리냐 하긴 했지만, 혹 시나 하는 마음에 우선 이곳까지 걸음한 그다. 그렇지만 멀 리에서 입구 앞에 있는 상대를 보는 순간 절로 화가 치밀 수밖에 없었다.

자신을 부른 그 상대가 무림맹의 길잡이나 하던 놈이라 는 걸 눈치챘으니까.

"감히 내가 누군지 알고……."

심방이 평소 성격대로 막 폭발하려는 그 찰나, 단엽이 고 개를 치켜들곤 얼굴을 가리고 있던 죽립을 슬쩍 들어 올렸 다.

손까지 치켜올렸던 심방이 한순간에 딱딱하게 굳어 버렸 다.

생각지도 못한 상황에 말문까지 막혔다.

"……."

"오랜만이야 영감. 나 기억하지?"

들려오는 목소리가 지금 자신이 보는 것이 헛것이 아니

라는 걸 말해 주는 듯싶었다.

기억하지 못할 리가 없지 않은가.

저 재수 없는 얼굴을.

정말 꿈에서조차 잊어 본 적 없는 상대가 눈앞에 나타나 있었다.

아직까지도 비만 오면 저자에게 당했던 옆구리의 상처가 욱신거린다.

구천회의 본거지가 있는 귀주성을 쩌렁쩌렁 울리던 고수 심방. 그런 그에게 씻을 수 없는 치욕을 안겨 준 것이 바로 저 사내였다.

대홍련의 부련주.

젊은 괴물 단엽.

생각지도 못하게 단엽과 마주한 심방은 침이 바싹바싹 말랐다.

과거 둘 사이의 개인적 일도 그렇지만, 지금 이 상황을 어떻게 이해해야 할지 납득이 가지 않았다.

한참 동안 무슨 말을 해야 할지 몰라 망설이던 그가 결국 어렵사리 첫 마디를 꺼냈다.

"왜…… 여기 계십니까?"

무림맹의 별동대를 잡아 왔는데, 그 안에 대홍련의 후계 자가 있다니…… 실로 경악할 노릇이었다.

헌데 자신을 까무러칠 정도로 놀라게 만든 당사자는 지금 이 같은 상황에 대해 별생각이 없어 보였다.

가볍게 어깨를 으쓱해 보인 단엽이 태연하게 대꾸했다.

"……어쩌다 보니?"

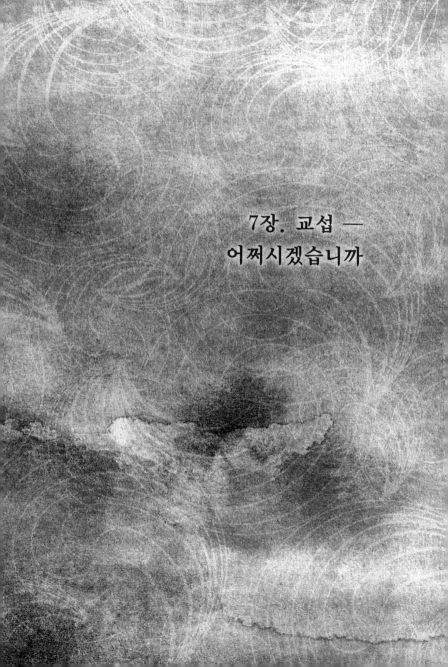

7장. 교섭 ─
어쩌시겠습니까

단엽의 어쩌다 보니 라는 말에 심방은 울컥 화가 치밀었다. 세상에 이런 답변이 어디 있단 말인가.

상대가 단엽이 아니었다면 당장에 불같이 화를 냈겠지만……

"그러시군요."

심방은 화를 애써 누르며 담담하게 말을 꺼냈다.

자신의 정체를 밝힌 단엽이 이내 주변을 슥 둘러보며 말했다.

"영감, 할 이야기가 있는데 여기서 하기는 좀 그렇고."

보는 눈도 있고, 여기서 이야기를 하다가는 안쪽 연무장으로도 주고받는 대화들이 들어갈 수 있었기에 단엽은 장소를 옮기기를 원했다.

그리고 그건 심방 또한 마찬가지였다.

자신이 잡아 온 자들 중에 대홍련의 부련주가 있다는 사실이 알려지면 상황이 골치 아파진다.

기다렸다는 듯 심방이 고개를 끄덕이며 몸을 돌렸다.

"따라오시지요. 조용한 장소로 안내하겠습니다."

말을 마친 심방은 단엽을 대동한 채로 조심스레 걸음을 옮겼다.

곧장 따라가던 단엽은 이내 주변에서 놀란 눈으로 자신과 심방을 바라보고 있는 구천회의 무인들을 향해 가볍게 손 인사를 건넸다.

"수고들 하라고."

말을 마친 그가 훌쩍 떠나 버렸고, 순식간에 정적이 감도는 연무장 앞의 분위기는 뭔가 묘하게 흐르고 있었다.

직감적으로 심방에게 보고를 해야겠다는 판단을 내렸던 무인은 이제는 잘 보이지도 않을 정도로 멀어진 두 사람의 뒷모습을 내내 멍하니 응시하고 있었다.

'대체 누구기에 저 지랄 맞은 작자가 저리도 설설 기는 거지?'

나이는 들었어도 여전히 욱하고 성질이 올라오면 주변

사람들이 말리지 못할 정도로 난동을 부려 대는 심방이다. 그게 얼마나 심하면 수하들 사이에서 은연중에 광견(狂犬)이라는 별명까지 붙었겠는가.

그런 그가 갑자기 고양이 앞에 쥐처럼 얌전하게 돌변했다. 그것도 겨우 무림맹의 길잡이나 하던 인물에게 말이다.

궁금증이 치밀었지만…….

"자자, 다들 정신들 차려!"

자신과 비슷한 생각으로 멀어지는 두 사람을 바라보는 수하들을 향해 사내가 집중하라는 듯 목소리를 높였다.

심방이 단엽과 함께 움직인 곳은 자신의 거처였다.

찾아보면 조용한 곳은 많았지만, 그래도 비밀스러운 대화를 나누기에는 역시 이곳만 한 곳이 없었으니까.

어울리지 않게 고급스러워 보이는 그림 족자들이 걸려 있는 방 내부를 휘휘 둘러보며 단엽이 고개를 저었다.

'안 어울리게 그림은.'

실소가 흘러나올 것 같았지만 단엽은 애써 감정을 누른 채 심방이 안내하는 자리로 향했다.

"앉으시지요."

말과 함께 두 사람은 탁자를 사이에 둔 채로 마주 앉았다. 들어오며 만났던 시녀에게 명령했던 차가 곧바로 따라 들어왔고, 차까지 따라 준 이후에야 그녀가 방에서 모습을 감췄다.

순식간에 둘만 남게 된 내부.

마주 앉은 두 사람 사이에는 묘한 정적이 감돌았다. 사실 그리 유쾌한 사이가 아니었기에 딱히 오랜만에 만났다고 해서 주고받을 만한 이야기는 없었다.

잠시 찻잔을 어루만지며 고민하던 단엽이 딴에는 생각해 준다며 한마디를 툭 내뱉었다.

"나한테 당했던 상처는 이제 좀 괜찮아, 영감?"

"……."

으드득.

얼굴이 새빨갛게 물드는 심방을 보며 단엽은 턱을 긁적였다.

'이게 아닌가?'

아무래도 대화의 시작을 잘못한 모양이다.

할 말이 없어서 내뱉은 그 말이 오히려 심방의 치부를 건드린 꼴이 되어 버렸다.

속을 달래려는 듯 심방이 뜨거운 차를 벌컥벌컥 마셨다.

'망할 새끼가 날 놀리는 것도 아니고.'

속으로 힘겹게 분을 삼킨 심방이 애써 태연한 척 말을 받았다.

"허허, 괜찮습니다. 그게 몇 년 전인데요."

"아, 그래? 다행이네. 그때는 나도 좀 어리고 해서 욱해서 그런 거니까 이해 좀 해 줘. 그래도 딴에는 손속에 사정을 둔 거 알지?"

웃으며 말하는 단엽을 보며 심방은 몇 년 전 그날의 일을 떠올렸다.

대홍련과 구천회의 사이에서 문제가 생겼고, 약 반년 가까이 전쟁을 벌였다. 당시 활발하게 싸움터를 휘젓고 다니던 심방은 운명처럼 단엽을 만났다.

그와의 싸움.

당연히 승자는 자신일 거라 여겼거늘, 그 대가는 처참했다.

단엽을 그저 재능이 있는 젊은 후기지수 정도로 생각하며 맞섰던 심방은 그의 주먹에 갈비뼈는 물론이거니와, 내상까지 입을 정도로 큰 부상을 입었다.

은퇴를 고민해야 했을 정도의 타격.

당시 옆구리에 박혔던 단엽의 열화신공이 아직까지도 기억에 생생하다.

자신을 그렇게 반죽음으로 만들어 놓고 손속에 사정을 뒀던 거 알지 않냐며 말하는 단엽의 모습에 다시금 살심이 꿈틀거렸지만……

'끄응, 대홍련의 부련주에게 함부로 대할 수도 없는 노릇이고 말이야.'

반년에 가까운 전쟁.

오히려 그런 싸움이 있고 나니 서로에게 더욱 조심스러워지는 건 어쩔 수 없다. 하물며 그 전쟁을 통해 구천회는 대홍련의 힘을 절실히 느껴 버렸다.

서로 협정을 맺고 전쟁을 종식했다고 알려져 있고, 그게 사실이기도 했지만 사실 싸움이 길어졌다면 승자는 결국 대홍련이 되었을 게다.

당연히 그런 대홍련의 후계자인 단엽에게 함부로 대하는 건 불가능했다.

거기에 개인적인 악연까지 더해지니 실로 불편한 상대가 아닐 수 없었다. 가능하면 죽을 때까지 다시는 마주하지 않고 싶었던 상대.

그렇지만 상황이 이렇게 된 이상 심방 또한 알아야 했다.

"아까도 여쭤어봤지만 왜 부련주님이 무림맹 무인들 사이에서 나오신 겁니까?"

"자세히 말해 주기는 조금 어렵고…… 어쩌다 보니 대의를 위해 잠깐 그들 사이에 섞여 있다고 봐 주면 될 거 같은데?"

"그럼 무림맹 무인들도 부련주님의 정체를 압니까?"

"아니, 모른다고 봐야지."

몇몇 아는 이들이 있긴 했지만 단엽은 굳이 그런 세세한 것까지 자세히 말할 생각은 없었다. 천룡성에 대해 언급할 계획은 전혀 없었으니까 말이다.

몇 마디 대화를 주고받았지만 사실 심방이 크게 알아낸 사실은 없었다.

그저 어떠한 연유로 인해 단엽이 비밀리에 무림맹 무인들과 움직인다는 것 정도만 확인할 수 있었을 뿐이다.

세세하게 따지고 보면 궁금한 것이 너무도 많았지만 애초에 그 모든 걸 꼬치꼬치 캐물을 수 없는 상황.

심방이 이내 질문을 바꿨다.

"절 보자고 하신 이유가 뭡니까?"

질문은 던졌지만, 그는 답을 이미 어느 정도 예상하고 있었다. 그리고 그런 심방의 생각은 정확하게 들어맞았다.

단엽이 곧바로 답했다.

"안에 갇힌 무림맹 사람들 가던 길 계속 가게 부탁 좀 할게, 영감."

"……그들은 저희의 영역을 침범했습니다."

"그냥 지나가던 것뿐이야. 그건 내가 보증하지."

아무렇지 않게 내뱉은 한마디.

그렇지만 그 말에 담긴 힘은 생각보다 무겁게 심방을 짓눌렀다.

대홍련의 부련주인 단엽이 보증하겠다 말했다.

그 말을 어찌 가벼이 흘릴 수 있겠는가.

'이걸 어찌해야 하나.'

사실 단엽이 그 무리 안에서 모습을 드러냈을 때부터 답은 정해져 있는 것과 다름없었다.

무림맹에서 나온 별동대가 자신들에게 어떠한 직접적인 피해를 끼치거나, 수상쩍은 움직임을 보였었다면 그걸 핑계 삼을 수 있다.

하지만 그들은 그저 귀주성을 가로지르던 것뿐이었고, 그 이유만으로 계속해서 가둬 두려 하기엔 지금 개입한 상대가 좋지 않았다.

오히려 대홍련의 부련주를 잡아 온 것처럼 보이는 이 상황부터 벗어나는 것이 급선무처럼 보였다.

허나 그걸 다 알면서도 심방은 지금의 상황이 그리 마음에 들지 않았다.

'물러나야 한다 해도 그냥 곧바로 꼬리를 내릴 수는 없지.'

생각을 정리한 그가 입을 열었다.

"만약 그냥 못 보내겠다면 어쩌시겠습니까? 정 가야겠다면 이곳에 있는 구천회 무인들 모두를 쓰러트려야 한다면요?"

결국 못 이기는 척 단엽의 부탁을 들어줄 생각이었지만 그 전까지 어느 정도 강하게 나가려고 마음먹고 내뱉은 말이었다.

　　심방은 자신의 행동에 단엽이 당황할 거라 여겼다.

　　허나 그건 착각이었다.

　　단엽은 오히려 웃음을 흘렸다.

　　피식.

　　'……웃어?'

　　예상치 못한 행동에 심방의 머리가 복잡해지는 바로 그때였다.

　　단엽이 천천히 입을 열었다.

　　"영감, 나이를 먹더니 감이 많이 죽었네."

　　"무슨 뜻입니까?"

　　"여기 거점에 구천회 무인이 어느 정도 있지?"

　　"천여 명은 족히 됩니다."

　　천 명이라는 숫자에 힘을 주어 말하는 심방의 의도를 단엽은 잘 알고 있었다. 결코 만만치 않은 숫자의 무인들이 이곳에 있다는 걸 강조하려는 기색이 역력했으니까.

　　허나 그 숫자에 위축될 단엽이 아니었다.

　　그가 의자에 편히 기댄 채로 상대를 응시했다.

　　단엽의 입에서 심방을 당황케 할 말이 흘러나왔다.

"장담하지. 이 각 안에 그 천 명 중 절반 이상은 죽을 거야."

"……농담이 심하시군요."

"농담? 내가 지금 농담하는 걸로 보여?"

전면전이 벌어진다면 과연 이 싸움의 승자는 누가 될까?

이곳이 구천회의 본거지라면 이야기가 달라지겠지만, 이곳은 분타다. 무인들의 숫자가 꽤 많은 특별한 분타이긴 했지만, 전체적인 수준은 본거지와 비견조차 할 수 없을 정도로 떨어진다.

숫자로 본다면 분명 구천회가 압도적이다.

천 명에 달하는 무인들이 있는 건 사실이니까.

그에 비해 별동대 무인들은 고작 육십여 명.

그걸로만 봤을 때는 누가 봐도 승패가 뻔한 싸움이다.

허나 단엽 본인을 포함해 그 안에 있는 몇몇의 인물들이 문제였다.

현 무림을 대표하는 최고 고수들을 일컫는 우내이십일성.

그런 우내이십일성의 경지에 오른 무인이 최소 둘, 어쩌면 셋 이상이 자리하고 있다.

우선적으로 확신할 수 있는 건 자신과 천무진이다.

둘은 이미 우내이십일성과 같은 수준에 놓아도 결코 모자라지 않는다. 그리고 또 한 명 그 정도의 경지에 있는 것 같다 짐작되는 인물이 있었으니, 그건 바로 한천이다.

누군가에게 말해도 믿지 않을 테고, 직접 보고도 쉬이 믿기 어려웠지만…… 이상하게 단엽은 자신의 예상이 틀리지 않을 거라는 확신이 있었다.

잠깐 보았던 한천의 무위는 분명 우내이십일성 수준에 들어섰거나, 아니면 그에 아주 근접한 수준은 될 거라는 판단이 내려진 상황이다.

거기다 아직 정확한 실력을 알지 못하는 백아린까지.

물론 그녀가 우내이십일성의 수준에 올랐을 거라고는 생각지 않지만, 실력이 좋은 것 같다는 천무진의 말을 듣고 추측건대 최소 백대고수 이상의 무위는 갖췄을 것이다.

우내이십일성 수준의 고수 셋과 백대고수는 될 것으로 예상되는 백아린까지.

거기다 별동대를 이끄는 세 명의 인물들 또한 그리 만만한 자들은 아니다.

본거지에 있는 정예 무인들이 아닌 이곳 분타에 있는 자들로 막아 내기엔 우내이십일성 수준의 고수 세 명은 결코 감당할 수 없는 존재들이다.

심방이 불쾌하다는 듯 말했다.

"부련주께서 아무리 대단하시다고 하셔도 저희를 너무 우습게 보시는군요. 혼자서 감당하는 건……."

"난 혼자가 아니거든."

"큭, 설마 무림맹의 별동대를 믿기라도 하시는 겁니까? 저보고 감이 죽었다고 하시는데 그건 부련주님이 들으셔야 할 말인 것 같군요."

명백한 비웃음.

마음 같아서는 당장이라도 엄연한 힘의 차이를 보여 주고 싶었다.

물론 그런 마음과는 달리 어쩔 수 없이 참아야만 했고, 그걸 알기에 단엽이 말도 안 되는 헛소리를 지껄이는 거라 여겼다.

비웃음 가득한 표정을 짓고 있는 심방을 향해 단엽이 자신의 상체를 들이밀었다.

그가 히죽 웃으며 의미심장한 말을 던졌다.

"설마. 저 별동대들은 기껏해야 시간 끌기뿐이지. 하지만 말이야…… 저 안에는 영감이 감당할 수 없는 사람이 있거든."

"……감당할 수 없는 사람?"

"당연히 그게 누군지는 알려 줄 생각 없으니 물어봐도 안 가르쳐 줄 거야."

말과 함께 몸을 다시금 의자에 확 기댄 단엽이 팔짱을 낀 채로 계속해서 의문스러운 미소를 머금고 심방을 바라봤다.

심방의 머리는 더욱 복잡해졌다.

'젠장! 어디까지가 장난이고, 어디까지가 진심인지 모르겠군.'

허나 분명한 건 이 도발조차도 단엽에게는 전혀 먹히지 않고 있다는 사실이다.

맘에 안 든다는 듯 입술만 깨물고 있는 그때.

툭툭.

단엽이 손가락으로 가볍게 탁자를 두드렸고, 자연스레 심방의 시선이 그에게로 향했다. 단엽이 입을 열었다.

"그래서 언제 보내 줄 거야?"

웃고 있는 능글맞은 모습이 무척이나 얄밉게 느껴졌다.

그렇지만…….

"……상부에 다시 보고하도록 하지요."

더 길게 말을 섞어 봤자 자기만 피곤해질 거라는 사실을 깨달았는지 심방이 곧장 답했다.

이미 한 차례 무림맹 별동대에 대한 보고를 올려 둔 상황이었지만 이번에 새로 올라갈 말은 아까와는 전혀 다를 것이다.

곧바로 풀어 주는 쪽으로 조치를 취할 생각이니까.

단엽이 물었다.

"보고하면 결과는 언제쯤 나와? 시간이 좀 없는데 그냥 영감 선에서 해결 안 돼?"

"그건 무립니다. 아무리 저라도 이런 일을 제멋대로 처리할 순 없으니까요. 이르면 오늘 저녁, 늦어도 내일이면 나가실 수 있을 겁니다."

"그래? 뭐 그 정도면."

단엽이 고개를 끄덕거렸다.

하루 정도의 시간이 낭비될 수도 있었지만, 그 정도면 기다려 줄 수 있는 수준이다.

거기다 이미 구천회와 이렇게 된 이상, 나가기만 하면 아예 대놓고 관도를 따라 움직여 이동 속도를 높일 수도 있었다. 그렇게 되면 이곳에서 그냥 날리게 된 하루 이상의 시간을 버는 것도 가능하다.

상황이 정리되자 단엽이 자리에서 일어나며 길게 기지개를 켰다.

"으아아!"

괴성을 내지르던 그가 피곤하다는 듯 탁자와 그리 멀지 않은 곳에 위치한 침상으로 다가가 벌렁 누워 버렸다.

생각지도 못한 단엽의 행동에 심방이 당황한 듯 물었다.

"지금 뭐 하시는 겁니까?"

이야기가 끝났으니 당장 자리를 비워도 이상할 게 없는 상황에서 도리어 그가 자신의 방 한쪽을 점령해 버리는 이 모습이 선뜻 납득이 갈 리가 없었다.

당황하며 묻는 심방의 질문에 단엽이 대수롭지 않다는 듯 말을 받았다.

"영감 방에서 잠깐만 쉬다가 가려고. 저기 가면 날 쉬지도 못하게 들들 볶을 귀찮은 사람이 있어서 말이야. 한두 시진 정도만 쉬다 갈게. 괜찮지?"

이미 편안하게 쉴 자세까지 취해 놓고 물어보는 단엽의 모습에 심방은 손으로 이마를 감싸 안았다.

'저 망할 인간을 어쩌다가 다시 만나 가지고 내가 이런 고생을……'

들끓는 속내와 달리 심방은 애써 웃으며 답했다.

"그럼요. 푹 쉬다 가시지요."

말을 마친 그는 곧장 자리에서 일어났다. 서둘러 무림맹 무인들을 내보내기 위해서는 상부에 다시금 보고를 올려야 했기 때문이다.

한시라도 빨리 단엽을 이곳에서 내보내고 싶었기에 그는 서둘러 자신의 방을 빠져나왔다.

거처를 빠져나와 꽤나 먼 곳까지 이르러서야 심방이 나

지막이 중얼거렸다.

"……정말 끔찍하군."

예상은 했지만 단엽과의 재회는 심방의 입장에서 상처밖에 남지 않았다.

그랬기에 그는 하늘에 간절히 빌었다.

앞으로 다시는 저자와 만날 일이 없기를.

＊　　＊　　＊

잠시 동안 구천회 분타에 갇혔던 무림맹 별동대는 단엽의 활약 덕분에 그리 오랜 시간이 지나지 않아서 그곳을 빠져나올 수 있었다.

어디 그뿐인가.

빠르게 구천회의 지역을 벗어나는 조건으로 무림맹이 있는 사천으로 쫓겨나는 상황 또한 피할 수 있었다. 덕분에 별동대는 큰 시간 낭비 없이 다시금 예정된 목적지로 움직일 수 있었다.

생각보다 너무 수월하게 그곳을 빠져나온 사실에 이 조를 이끄는 혜정과 삼 조의 남궁격이 궁금하다는 듯 방법을 물었지만, 진실을 알려 줄 수 없는 단엽은 애매한 웃음으로 화답했다.

다행히 옆에서 이지강이 단엽을 도운 덕분에 혜정과 남궁격은 결국 그 궁금증을 풀지 못한 채 의문으로 남겨 둬야만 했다.

그렇게 별동대는 계속해서 남쪽으로 움직이고 있었다. 물론 아직까지도 자신들의 목적지를 운남성 쪽으로 알고 있는 상황, 그들은 알지 못했다.

지금 자신들이 나아가고 있는 방향이 어느새 운남성과는 조금 틀어져 있다는 사실을.

얼마의 시간이 더 지난 후라면 뭔가 이상하다 느끼는 이들이 있을 수도 있지만 이미 그때면 자신들의 진짜 목적지인 광서성에 들어서고도 한참은 지난 후일 게다.

점점 목적지와 가까워지는 지금.

무림맹에서 나온 지도 제법 긴 시간이 흘러 있었다.

그렇게 조금씩 시간이 흐르는 지금 별동대 내부에서는 재미있는 일이 벌어지고 있었다.

바로 보이지 않는 곳에서 왕 노릇을 하려는 이가 생기고 있다는 거다.

나이가 많은 이들로 구성된 일 조와는 달리 이 조와 삼조는 젊은이들이 대부분이었다. 자연스레 그 안에서 몇몇 이들이 두각을 드러냈고, 또한 그런 모습을 기반으로 점점 발언권을 높여 갔다.

그리고 당연히 그 선두에 있는 인물은 사천당문의 당자윤이었다.

사천당문이라는 든든한 배경과 잠룡대에 들어갈 정도의 재능을 지닌 그는 자연스레 젊은 무인들 사이에서 우두머리처럼 굴기 시작한 것이다.

그리고 그런 당자윤을 받쳐 주는 것이 바로 같은 잠룡대 소속인 단목운뢰였다.

당자윤이나 단목운뢰 모두 이 조에 속해 있었지만, 그들의 영향력은 삼 조에 있는 젊은 무인들에게까지 닿고 있었다.

당연히 시간이 갈수록 당자윤의 자신감은 하늘을 찌를 듯이 높아졌다.

많은 이들이 그의 눈치를 봤고, 자연스레 주변에 사람들이 모였다. 허나 당자윤은 이 같은 상황이 크게 낯설지 않았다.

무림맹 잠룡대에서도 언제나 이처럼 사람을 몰고 다녔던 그였기 때문이다.

사람들의 위에 서는 것이 너무도 익숙한 당자윤이다. 당연히 지금 별동대 내에서 흐르는 이 기류를 모를 리가 없다.

분명 그건 기분 좋은 일이었지만…….

'이상하게 저 새끼가 자꾸 눈에 걸린단 말이지.'

당자윤의 시선에 들어오는 건 천무진이었다.

밤이 늦었고 별동대의 인원들은 쉬기 위해 야영을 준비하는 중이었다.

바삐 천막을 치고 있는 천무진을 바라보는 당자윤의 시선은 차가웠다.

생각해 보면 참으로 이상하다.

고작 홍천관 소속 무인이다. 거기다 가문 또한 제대로 들어 본 기억조차 없는 그런 하찮은 곳이었다.

그에게 느끼는 게 싫은 감정이라고 할지라도 자신이 고작 저딴 놈에게 신경을 쓴다는 것 자체가 이상했다.

평소 당자윤은 그렇지 않았으니까.

그동안 무시해도 상관없을 정도로 하찮은 놈들은 그저 가볍게 한번 짓밟아 주고 그 이후로는 쉽사리 기억에서 지울 정도로 관심이 없었다.

그런데 저놈은 아니다.

별거 아닌 놈인데 계속해서 신경이 쓰이고, 눈에 들어온다.

왤까? 도대체 왜 자꾸 자신은 저놈을 바라보게 되는 걸까?

그때 천무진의 옆으로 백아린이 다가갔다.

잠시 하던 일을 멈춘 채로 두 사람은 대화를 나누고 있었다.

너무도 아름다운 여인. 사실 사내라면 누구도 혹할 정도의 저런 미녀에게 관심이 가지 않을 리가 없다. 그리고 그건 당자윤 또한 마찬가지였다.

그렇다면…… 저 여인과 친해 보여서 싫은 걸까?

아니, 분명 그건 아니었다.

백아린에게 어느 정도 관심이 있긴 했지만 그건 사내로서 아름다운 여인을 앞에 뒀을 때 가지는 정도였을 뿐, 집착을 할 정도로 그녀에게 빠져 있지는 않았다.

거기다 결정적으로 천무진이 눈에 걸리기 시작한 건 두 사람이 어울리기도 전이었다. 그 말은 곧 적어도 자신이 저놈을 싫어하게 된 이유가 백아린이라는 여인 때문은 아니라는 거다.

도대체 이유를 모르겠다는 듯 서 있던 당자윤.

그리고 때마침 자신을 바라보는 시선을 느꼈는지 천무진이 슬쩍 시선을 돌렸다.

아주 잠시 두 사람의 시선이 허공에서 얽혔다.

힐끔 당자윤을 바라본 천무진은 이내 시선을 돌려 자신이 하던 일에 열중하기 시작했다.

그리고 그 모습을 보는 순간 당자윤은 자신도 모르게 중얼거렸다.

"……그렇군."

며칠 동안 했던 고민의 답.

시선을 마주하는 그 순간 알았다.

왜 저놈이 계속 걸렸었는지를.

저 눈빛이다.

자신을 바라볼 때 전혀 굽히지 않는 저 눈빛. 저것이 여태까지 계속해서 자신의 기분을 건드렸던 것이 분명했다.

당자윤과 마주한 사람들이 가지는 반응은 크게 두 가지다. 마찬가지로 시선을 맞추는 이들, 빠르게 굽히고 들어오는 이들.

시선을 맞추는 이들은 최소한의 자격이 있는 자들이다.

명문정파의 무인이거나, 높은 위치의 사람이거나. 아니면 실력을 인정받은 무인들도 이 경우에 포함된다.

반면 그에 포함되지 않는 이들은 모두 당자윤 앞에서 본인을 낮추고 들어왔다. 그리고 그는 그것이 당연하다 여겼다.

헌데 천무진은 아니었다.

분명 자격이 없는 자인데도 불구하고 자신과 똑바로 마주한다. 당자윤은 여태까지 그것이 마음에 들지 않았던 것이다.

그의 입가가 비틀렸다.

불쾌했던 이유를 알았으니, 이제 그 기분을 풀 일만 남았다.

이제는 잦은 야영으로 인해 익숙해진 탓인지, 준비는 순식간에 끝났다. 밤을 보낼 간단한 천막들이 곳곳에 자리했고, 식사 또한 눈 깜짝할 사이에 준비되어졌다.

천막은 비바람이나 가릴 정도로 간단하게 되어 있었고, 그 안에는 네 명의 사람들이 자리했다.

천무진 또한 삼 조에 속한 다른 세 사람과 함께 천막 안에서 식사를 하고 있었다.

식사라고 해서 그리 거창한 건 아니었고, 고깃덩어리들이 들어 있는 국에 주먹만 한 감자를 하나씩 받아서 먹는 정도였다.

막 천무진이 속한 천막 내부에서 식사가 시작되었을 무렵 입구를 통해 누군가가 걸어 들어왔다.

당자윤과 항상 그의 옆에 붙어 다니는 단목운뢰였다.

두 사람의 등장에 밥을 먹던 세 명의 사내들이 황급히 젓가락을 놓고 자리에서 일어났다.

"자윤아 여긴 왜……."

당자윤과 조금의 인연이 있는 사내 한 명이 조심스레 말을 꺼낼 때였다. 당자윤이 세 사람에게 가볍게 손짓을 하며 말했다.

"저기 있는 저 녀석한테 용무가 있어서 온 거니까 나머지는 잠시만 자리 좀 비켜 주지."

부탁하는 것처럼 말하고 있었지만 그건 명령이나 다름없었다.

허나 그런 말투에 불만을 표할 수 있는 자는 아쉽게도 이 안에 없었다. 세 사람은 식사하던 걸 멈춘 채로 허겁지겁 천막 바깥으로 나갔다.

그렇게 원래 이곳에 있던 다른 이들을 내보낸 당자윤이 성큼 걸음을 옮겼다.

그리고 함께 온 단목운뢰는 천막의 입구 쪽에 선 채로 바깥의 동태를 살폈다.

당자윤이 천무진의 맞은편에 소리 나게 주저앉았다.

털썩.

그가 입을 열었다.

"무진."

관심 없다는 듯 식사를 하던 천무진은 그제야 당자윤을 바라봤다. 그러고는 할 말 있으면 해 보라는 시선으로 쥐고 있던 감자를 한 입 베어 물었다.

그 모습에 당자윤은 왈칵 화가 치솟았다.

팍!

휘두른 그의 손이 천무진이 쥐고 있던 감자를 쳐 냈다.

천무진이 말했다.

"뭐 하는 겁니까?"

"지금 내가 말하고 있잖아!"

"알고 있습니다. 듣고 있었으니까요."

뭐가 문제냐는 듯이 말하는 천무진의 말투에 당자윤의 표정이 더욱 일그러졌다.

그가 이를 부득부득 갈며 입을 열었다.

"너 뭘 믿고 이렇게 건방져?"

"건방진 건 제가 아닌 거 같은데……."

말을 하며 천무진은 한쪽에 나뒹굴고 있는 감자를 힐끔 바라봤다.

딱히 직접적으로 말은 하지 않고 있었지만 이렇게 나타나서 행패를 부려 대는 그가 더 문제가 있는 게 아니냐는 걸 은연중에 내비치는 것이었다.

자신에게 전혀 굽히지 않는 눈빛을 마주하고 있던 당자윤이 결국 앉은 자세로 천무진을 향해 몸을 내밀었다.

덥석.

뻗어진 당자윤의 손이 천무진의 멱살을 움켜쥐었다.

그의 눈동자가 이글거렸다.

"뭔가 착각하는 거 같은데 너와 내 입장이 같다 생각해? 난 당자윤이고, 넌 아무것도 아닌 놈이야."

멱살을 쥔 손에 더욱 힘을 불어넣으며 당자윤이 말을 이었다.

"아무것도 없는 하찮은 놈들이 살아가는 방법이 뭔지 알아? 넙죽 엎드리는 거야. 능력도 배경도 없는 놈이 살아가는 방법은 그거뿐이거든."

천무진은 숨기지 않고 적의를 드러내는 당자윤을 가만히 바라봤다.

특유의 아집과 자만심으로 똘똘 뭉친 사내다.

얼굴로 향했던 시선이 천천히 자신의 멱살을 쥐고 있는 손으로 움직였다.

숨도 못 쉬게 만들겠다는 듯 강하게 움켜쥐고 있었지만…….

당자윤은 몰랐다.

천무진이 마음만 먹는다면 지금 이 손 하나 영영 못 쓰게 만들어 버리는 건 일도 아니라는 사실을.

그렇게 두 사람이 대치하고 있던 상황에서 다급한 단목운뢰의 목소리가 끼어들었다.

"자, 자윤아!"

허나 그의 다급한 부름에 응하기도 전에 일은 벌어졌다.

"어이! 뭣들 하는 거야?"

버럭 소리를 내지르며 나타난 건 죽립을 눌러쓴 단엽이었다.

단엽의 등장에 천무진의 멱살을 쥐고 있던 당자윤은 이를 부득 갈며 손을 풀었다.

저번엔 백아린이 막아 주더니, 이번에는 다른 방해꾼이 나타난 것이다.

'망할, 이번엔 고작 길 안내나 하는 놈이 날 방해하고 있군.'

이번 별동대 임무를 위해 특별히 선별된 자라 들었다. 분명 그 신분 자체는 그리 높지 않았지만, 항상 별동대를 이끄는 수장인 이지강과 붙어 있는 것이 문제였다.

지금 이곳에서 벌어진 사건이 이지강의 귀에 들어가는 것은 원치 않았다.

천천히 몸을 일으켜 세우던 당자윤이 천무진의 귓가에 대고 작게 말했다.

"항상 운이 좋네. 하지만 운이라는 건 결국 언젠가 다하기 마련이지. 그 건방진 낯짝 오래가긴 힘들 거라는 건 알아 두라고."

말을 마친 당자윤은 아예 자리에서 일어났고, 이내 아무렇지 않게 천막을 빠져나갔다.

그가 사라지자 단엽이 성큼 다가왔다.

"주인. 뭐야 저 새끼?"

물어보는 그의 얼굴엔 짜증이 가득해 보였다.

천무진은 방금 전까지 멱살을 잡혔던 옷깃의 주름을 풀며 대답했다.

"뭐긴. 호랑이 앞에서 짖는 개지."

애초에 천무진의 천막 인근에 있었던 단엽이다. 자연스레 안에서 주고받았던 모든 대화를 엿들을 수 있었다.

거기다 직접 눈으로 본 멱살을 쥔 상황까지.

"망할 새끼가 어디서 까불고 있어. 확 담가 버릴까 보다."

단엽이 이를 갈았다.

자신에게 패배를 안겨 줬던 천무진이다.

그런 그에게 함부로 대하는 놈이 고작 저런 자라는 사실에 단엽은 더욱 화가 치밀었다.

화를 토해 내는 단엽과 달리 천무진은 그저 묵묵히 앉아 있을 뿐이었다.

냉정한 눈빛.

허나 그랬기에 오히려 더욱 섬뜩했다.

마치 마음속으로 한 자루의 칼을 가는 것만 같은 분위기를 풍겼으니까.

천무진이 입을 열었다.

"내버려 둬. 저놈은 내가 손봐 줄 생각이거든."

　　　　*　　　　*　　　　*

　그로부터 며칠의 시간이 더 지났다.

　별동대 무인들 중에서 제법 경험이 있는 이들은 하나둘씩 뭔가 이상하다는 사실을 깨닫고 있었다.

　귀주성을 뚫고 오는 길을 탔으니 결국 운남성으로 가기 위해서는 해가 지는 서쪽으로 움직여야만 했다. 그런데 별동대는 꽤나 시간이 지났음에도 계속해서 남쪽으로만 움직였다.

　심지어 서쪽이 아닌 동쪽으로 방향을 튼 기색까지 보이고 있었다. 운남성과는 오히려 반대 방향으로 가고 있는 상황인 것이다.

　내부에서 뭔가 조금씩 이야기들이 생겨나는 걸 눈치챈 이지강은 결국 쉬기 위해 말을 멈춘 사이 모두를 소집시켰다.

　육십 명에 달하는 별동대 무인들이 모두 모였고, 이지강이 앞으로 나섰다.

　"할 말들이 있으니 다들 집중하도록."

　갑작스러운 소집에 무슨 일이냐며 수군거리던 목소리들이 거짓말처럼 사라졌다.

　적막으로 가득한 그곳에서 이지강이 말을 잇기 시작했다.

"모두 우리가 지금까지 운남성으로 향하고 있다 알고들 있었을 거다."

너무도 당연한 말에 별동대 무인들은 가만히 그를 바라보고만 있었다. 대체 무슨 말을 하려는 건지 전혀 감도 오지 않는 얼굴들이었다.

순간 이지강이 별동대 무인들이 놀라 당황할 만큼 충격적인 말을 꺼냈다.

"허나 우리의 진짜 목적지는 운남이 아니었다."

"아니, 그게 무슨……."

이 조의 조장 역할을 맡고 있는 아미파의 혜정조차도 놀라 눈을 부릅떴다. 하지만 이내 그녀는 지금 자신이 질문을 던질 때가 아니라고 생각했는지 입을 닫았다.

"이유가 있어 비밀리에 움직여야 했기에 모두를 속였다. 이 부분은 맹주님을 대신하여 별동대를 이끄는 수장으로서 내가 사과의 뜻을 전한다."

이지강은 말과 함께 깊게 포권을 취했다.

맹주에 대한 언급이 나오자 애초부터 별동대의 목적지가 새외 세력과의 마찰이 있는 운남이 아니었던 걸 알 수 있었다.

결국 혜정이 물었다.

"새외 세력과의 문제를 알아보러 가는 게 아니었습니까?"

"이번 임무는 전혀 다른 일일세. 그랬기에 비밀리에 움직여야 했고."

"그럼 저희의 진짜 목적지는 어딥니까?"

혜정이 궁금하다는 듯 물었고, 그건 다른 별동대의 무인들 또한 마찬가지였다.

자신들이 어디로 가고 있는지, 또 어떠한 일을 해야 하는지 궁금할 수밖에 없었다.

자신에게로 쏟아지는 수십 쌍의 시선을 느끼며 이지강이 천천히 입을 열었다.

"지금 우리가 서 있는 바로 이곳, 광서성이다."

8장. 임무 실행 —
전 아닌데요

별동대의 대원들에게 밝혀진 진짜 목적지.

그 사실이 알려지자 내부에는 적지 않은 소란이 있었다. 물론 자신들의 진짜 목적지가 광서성이라는 것만 밝혀졌을 뿐, 그중에서 어디로 향하는지는 아직도 알지 못했다.

그 넓은 땅덩어리에서 광서성이라는 지역만 듣고 어디로 향하는지 안다는 건 불가능한 일이었다.

거기다 자신들이 해야 할 임무 또한 모르는 상황.

별동대를 이끄는 이지강은 목적지에 도착한 후에야 자신들의 임무가 무엇인지 알려 주겠다고 밝혔다.

뒤늦게 알게 된 진실에 크고 작은 불만들이 있는 건 당연했다. 하지만 이 일이 무림맹주의 직접적인 명령에 의한 것이었다는 말에 맘에 들지 않아 투덜거리던 이들도 어쩔 수 없이 따를 수밖에 없었다.

그리고 그중에서 가장 큰 불만을 가진 건 다름 아닌 당자윤이었다. 그는 자신이 이런 비밀 임무에 포함되었다는 사실이 못내 마음에 들지 않았다.

이토록 외부에 알려져서는 안 되는 비밀 임무가 의미하는 것이 무엇이겠는가?

비밀스럽게 움직여야 할 정도로 중요한 일이라고 볼 수도 있지만, 그 말은 반대로 그만큼 위험할 수 있음을 뜻하기도 했다.

굳이 이런 위험한 일에 끼고 싶은 마음은 눈곱만큼도 없는 그였다.

허나 이미 이곳까지 와 버렸고, 무림맹주의 명령으로 움직이는 별동대다. 자기 마음에 들지 않는다고 해서 당장에 자리를 박차고 돌아갈 순 없는 노릇이다.

그랬기에 당자윤 또한 불만을 애써 누른 채로 계속해서 어딘지도 모를 목적지를 향해 움직여야만 했다.

어쩔 수 없이 움직이며 당자윤은 속으로 이를 갈았다.

'어디 얼마나 대단한 임무인지 두고 보자.'

자신의 위명을 알리는 데 과연 도움이 될 만한 것인지 두고 보겠다며 간신히 분을 삭이는 그였다.

그렇게 불만들을 떠안은 채로 계속해서 움직이던 별동대는 마침내 목적지인 합포의 지척에 있는 서전이라는 마을에 도착했다.

곧장 합포로 향할 수 있음에도 불구하고 굳이 인근 마을인 이곳 서전으로 들어선 건 이유가 있어서다.

의심하는 대로 정말 합포에 고아들이 사라지는 일과 관련된 자들이 있다면, 최대한 자신들의 존재를 드러내지 않는 것이 유리했고 곧바로 작전을 수행하기 위해 보다 확실하게 계획을 짜 둘 필요가 있었다.

그렇게 서전에 있는 가장 큰 객잔에 들렀지만 작은 마을이어서인지 별동대의 많은 인원이 한 번에 묵을 정도로 빈방은 없었다.

그랬기에 두 개의 객잔으로 사람들을 나눠서 배정했고, 오랜만에 취하는 제대로 된 휴식에 별동대들이 모두 여독을 풀고 있는 그때였다.

두 개의 객잔 사이에 있는 주루의 가장 안쪽 방에 이지강이 자리하고 있었다.

그리 크지 않은 주루였고, 이지강은 미리 사람을 써서 이곳을 통째로 빌린 상황이었다. 그렇게 그가 잘 차려진 술상을 앞에 둔 채로 침묵만을 지키고 있던 도중 마침내 닫혀 있던 문이 열렸다.

드르륵.

소리와 함께 모습을 드러낸 건 천무진이었다.

그리고 그의 뒤편에는 백아린이 함께였다.

같은 객잔에서 머물기로 되어 있었기에 둘이 함께 이곳 주루에 모습을 드러낸 것이다.

천무진의 등장에 자리에 앉아 있던 이지강이 몸을 일으켜 세웠다.

포권을 취하며 그가 말했다.

"오셨습니까."

"먼저 와 계셨군요."

짧은 천무진의 대답을 들으며 이지강의 시선이 뒤편에서 함께 나타난 백아린에게로 향했다.

무림맹주를 통해 이미 알고 있었지만 이렇게 직접 대면한 것은 처음이었다.

"그쪽이 적화신루의 총관이오?"

"네. 정식으로 인사드릴게요. 적화신루 사총관 백아린입니다."

그렇게 세 사람이 인사를 주고받는 그때였다.

주루의 문이 열리는 소리와 함께 바깥쪽에서 또 다른 두 사람이 모습을 드러냈다.

단엽과 한천이었다.

여전히 죽립을 쓰고 있는 단엽과 옆에서 싱글벙글 웃고 있는 한천이 이내 열린 문 근처에 서 있는 천무진과 백아린을 발견하고는 다가왔다.

"대장, 오랜만입니다! 얼마나 대화를 나누고 싶던지 입이 근질근질하던데요?"

항상 같이 움직이긴 했지만 서로 모르는 척하던 중이라 이렇게 대놓고 대화를 나누는 건 꽤나 오랜만인 느낌이었다.

기다렸다는 듯 수다를 떨어 대는 한천을 보며 뒤편에서 단엽이 고개를 절레절레 저었다.

"하여튼 저놈의 호들갑은."

그렇게 두 사람까지 나타나자 문을 열고 서 있던 천무진이 먼저 안으로 들어섰다. 그리고 그 뒤를 이어 나머지 세 사람 또한 방 안으로 들어와 빈자리에 앉았다.

그렇게 모두가 각자의 자리에 앉자 이지강의 시선이 천천히 한 사람씩을 살폈다.

천룡성의 무인 천무진. 그리고 적화신루의 총관인 백아린과 부총관 한천까지. 이렇게 세 사람에 대해서는 이미 알고 있었지만…….

유일하게 정체를 알 수 없는 단엽에게 시선을 둔 채로 이지강이 입을 열었다.

"얼마 전에 큰 도움을 받았네. 덕분에 구천회에서 별문제 없이 나올 수 있었어."

"그게 뭐 별거라고. 됐수다."

다른 이들 앞에서 무림맹의 길잡이 흉내를 할 때와는 확연하게 달라진 말투다. 그때는 예의를 갖추어 대답했지만, 지금은 거칠 것 없어 보이는 모양새였다.

벽에 기댄 채 한쪽 무릎은 추켜세운 상태로 앉아 있는 자세만 봐도 무척이나 호전적인 성격이라는 걸 알 수 있었다.

다소 답답하다는 듯 단엽이 머리에 쓰고 있던 죽립을 벗어 옆에 두었다.

죽립 사이로 슬쩍슬쩍 보긴 했지만 이렇게 정면으로 마주하자 절로 감탄이 터져 나왔다.

"허어."

생각보다 더욱 젊었고, 훨씬 곱상했다.

그랬기에 궁금증이 치밀었다.

대체 이런 사내가 어떻게 구천회에서 자신들을 아무런 문제 없이 빼낸 것일까?

오는 내내 그 사실이 궁금했던 이지강이다.

그가 물었다.

"그런데 대체 어떻게 구천회의 심방을 설득한 겐가? 그자 생각보다 고집스럽고 성깔이 있는 인물인데 말이야."

"그거야……."

입을 열었던 단엽이 슬쩍 천무진을 바라봤다.

이야기를 해도 되냐는 듯한 눈빛.

천무진은 상관없다는 듯 고개를 끄덕였다. 어차피 무림 맹주도 알고 있는 사실, 그리고 이지강은 그의 충복이다. 어차피 알게 될 일이고, 천무진 또한 생각하는 바가 있었다.

허락이 떨어지자 단엽이 곧바로 답했다.

"날 건드리면 구천회도 곤란해지거든."

"……자네가 누군데."

이지강이 이해가 안 간다는 듯 물었다.

눈앞에 있는 이 사내가 대체 누구기에 사파를 대표하는 네 개 단체 중 하나인 구천회를 곤란하게 만들 수 있단 말인가.

단엽이 입을 열었다.

"대홍련 부련주야."

너무나 대수롭지 않게 내뱉은 한마디.

그렇지만 그 말을 들은 이지강은 식겁해서 저도 모르게 몸을 꿈틀했다. 뭐를 안 먹고 있어서 망정이지, 입에 뭔가가 있었다면 자신도 모르게 뿜어냈을 정도로 충격이었다.

당황한 얼굴로 이지강이 되물었다.

"당신이 단엽이라고?"

"맞아."

"이런……."

기가 막힌다는 듯 이지강이 입을 쩍 벌렸다.

대홍련의 세력권인 운남성.

그리고 운남성은 이지강의 문파인 점창파가 있는 곳이기도 했다. 당연히 두 세력 간의 마찰은 꽤나 오랜 시간 이어지고 있었다.

다행히 최근에는 두 세력 사이에 크게 불거진 문제가 없긴 하지만…….

점창파의 인물인 자신이 이렇게 술자리에서 사파의 인물과 마주하고 있는 걸로 모자라 그 인물이 대홍련의 부련주라니, 실로 충격적일 수밖에 없었다.

유쾌하지 않은 상대의 정체에 이지강이 다소 떨떠름한 표정을 짓고 있는 그때였다.

가만히 앉아 있던 한천이 앞에 놓여 있는 닭 다리 하나를 집으며 시끄럽게 떠들어 댔다.

"이야, 이게 얼마만의 진수성찬이야."

말과 함께 손에 쥔 닭 다리를 우적거리며 씹는 그에게 순간적으로 시선이 집중됐다. 그러자 한천은 이내 어색한 웃음과 함께 말을 이었다.

"맛있는데 다들 드시죠."

가벼워 보이는 행동.

그렇지만 백아린은 알고 있었다.

한천이 지금 왜 이 같은 행동을 했는지를.

정파의 인물인 이상 사파인 대홍련의 부련주와 함께한다는 걸 그리 좋게 여기지 않을 것이다. 하물며 그것이 점창파라면 더욱 그랬다.

잦은 마찰이 있었을 테니 두 세력 사이에 원한 또한 확실하게 자리하고 있을 터.

분위기가 심각해지지 않도록 한천이 빠르게 상황을 넘긴 것이다. 그리고 한천의 계획대로 이지강은 짧게 한숨을 내쉬며 부릅떴던 눈에서 슬며시 힘을 풀었다.

분명 이 상황이 마음에 들지도 않고 꽤나 놀란 건 사실이지만…… 놀란 걸로 치자면 저기 자리하고 있는 천룡성의 무인 천무진을 만났을 때가 더했다.

한천의 말과 함께 단엽 또한 식사를 시작했다.

잠시 침묵하던 이지강이 조심스레 천무진을 향해 물었다.

"임무는 어떻게 진행하실 생각입니까?"

천룡성의 무인이어서 그런지 이지강은 천무진을 대하는 것이 무척이나 어색했다. 자신이 나이가 훨씬 많음에도 불구하고 자연스레 존댓말이 나가는 것 또한 그 때문이었다.

나이를 떠나 함부로 대할 수 없는 존재.

그만큼 천룡성이라는 이름이 가지는 의미가 크다는 걸 의미했다.

물어 오는 질문에 천무진이 답했다.

"무림맹에서 온 별동대 무인들도 고아들의 실종에 대해 조사하는 데 어느 정도 투입할 생각입니다. 다만 그걸 전담하는 건 별동대가 아닌 적화신루가 될 겁니다."

별동대 무인이라고 해 봤자 고작 육십 명.

거기다가 그들은 무공 능력이 출중한 것이지 정보를 찾아내고, 은밀하게 감춰진 뭔가를 알아내는 데 뛰어난 건 분명 아니었다.

오히려 뭔가를 찾아낸다고 들쑤시고 다니다가 무림맹 별동대의 정체를 노출시킬 위험이 더 크다.

그랬기에 그런 부분의 일은 최대한 정보 단체인 적화신루가 맡는다.

옆에 앉아 있던 백아린이 곧장 말을 받았다.

"적화신루가 이미 합포를 중심으로 해서 움직이고 있어요. 그 덕분에 어느 정도 얻어 둔 정보도 있고, 추가적으로 계속해서 단서를 찾는 중이죠. 무림맹의 별동대는 구색을 맞출 정도의 조사와 추후 뭔가를 밝혀냈을 때 그들을 제압할 무력을 맡아 주셔야 해요. 물론 무림맹이라는 이름은 추후에 이 일을 마무리함에 있어 꼭 필요한 부분이기도 하고요."

정보 쪽에서야 적화신루가 낫다지만, 이 일을 해결하는 건 무공 실력이 훨씬 뛰어난 무림맹의 별동대가 나서야 한다.

대답을 들은 이지강이 백아린을 보며 고개를 끄덕였다.

"알겠네. 최소한의 구색 맞추기 정도로 진행하도록 하지."

이 일은 외부에 알려지기 전에 속전속결로 처리해야 할 문제라고 전해 들었다. 그 때문에 무림맹 홀로 일을 처리하는 것이 아니라, 정보 단체인 적화신루의 도움을 업고 함께 움직여야 할 상황이다.

이지강의 대답이 끝나자 옆에서 기다리고 있던 천무진이 입을 열었다.

"합포에 도착하면 그때부터는 저희 모두가 자유롭게 움직여야 합니다. 다른 사람의 눈치를 보지 않고 움직일 수 있도록 조를 짤 때 저희 셋으로 구성해 주셨으면 합니다."

단엽이야 어차피 길잡이로 따라나선 것이니 임무를 수행

할 조 편성에 끼워 넣을 이유가 없었다.

대신 나머지 셋인 천무진과 백아린, 한천을 하나로 묶어 달라 말한 것이다. 천무진의 말에 이지강이 곧바로 답했다.

"그렇게 해 드리지요. 그럼 아예 세 명 정도로 한 조를 구성해 임무를 수행케 하겠습니다. 그들을 어떤 식으로 운용하면 좋겠습니까?"

"별동대가 해 줄 임무는 합포에서 돌아다니는 아이들을 감시하고, 그들이 어디로 가는지 또 뭘 하는지에 대해 조사를 하는 정도로 진행해 주시면 될 것 같습니다. 겉핥기식의 감시로 특별한 게 걸릴 것 같진 않지만…… 운이 좋다면 뭔가를 찾아낼 수도 있으니까요."

"알겠습니다. 그럼 시키신 대로 진행하도록 하지요."

천무진과 백아린을 통해 어느 정도 별동대를 운용할 구성안을 마무리한 이지강은 이내 자리에서 일어났다.

어떻게 하다 보니 한곳에 있긴 했지만 사실 점창파의 인물인 그가 대홍련 부련주와 한자리에 있다는 건 무척이나 불편한 일이었으니까.

어쩔 수 없는 자리라면 모를까 이처럼 사적인 공간까지 함께하는 건 그다지 내키지 않았다.

이지강이 짧게 포권을 취하며 인사를 건넸다.

"계산은 이미 해 두었으니 드실 만큼 드시고 가면 됩니다. 추후에 또 문제가 생기면 말씀드리도록 하지요. 그럼 전 이만."

말을 마치고 몸을 돌려 걸어 나가는 이지강을 향해 그 누구도 식사라도 하고 가라는 말 따위는 하지 않았다. 그가 어떤 이유로 저처럼 행동하는지 잘 알고 있으니까.

그리고 그건 이지강의 잘못도, 단엽의 잘못도 아니었다.

무림에서 정파와 사파란 그런 것이다.

쉽사리 융화될 수도 없고, 엉키고 엉킨 실타래처럼 풀기 어려운 문제이기도 했다.

서로 적당한 거리를 두는 것, 그게 오히려 더 현명한 선택일 수도 있었다.

물론…… 종종 그런 것 따위는 아랑곳하지 않는 사람도 있지만 말이다.

"크으, 이거 술 한 병으로는 간에 기별도 안 가는데 한 병 더 시키면 안 됩니까, 대장?"

얼마 안 남은 술을 입에 털어 넣으며 한천이 간절한 목소리로 말했다. 그리고 그의 옆에 자리하고 있던 단엽이 곧바로 바람을 불어넣었다.

"당연히 되지. 뭘 그런 걸 물어보고 시켜. 그냥 확 질러 버리라고."

천무진과 백아린이 이지강과 잠시 대화를 나누는 사이, 순식간에 탁자 위에 있던 술 한 병을 비워 버린 한천과 단엽이다.

신이 나서 날뛰는 두 사람을 바라보던 백아린이 먼저 입을 열었다.

"자리 오래 비우면 안 돼서 식사만 하고 바로 돌아가야 하는데 무슨 술이야. 안 돼."

"……크윽."

한천이 못내 아쉽다는 듯 빈 잔을 곁눈질할 때였다. 그를 보며 단엽이 유쾌한 듯 웃음을 터트렸다.

"클클, 포기한 모양인데 그럼 나 혼자 마셔야겠군. 한천 넌 내가 마시는 걸 구경이나 실컷 하라고."

약 올리는 듯한 말투로 단엽이 히죽거렸다.

그가 곧바로 입을 열었다.

"어이, 여기……."

단엽이 번쩍 손을 들어 올리며 바깥에서도 들릴 정도로 목소리를 높이려는 그때였다.

천무진이 나지막이 그의 이름을 불렀다.

"단엽."

"어?"

자신을 부르는 소리에 번쩍 손을 치켜든 채로 단엽이 고개를 돌려 천무진을 바라봤다.

천무진이 짧게 말했다.

"술은 방금 전이 끝이야."

"나, 나도 안 된다고?"

당황한 듯 단엽이 되물을 때였다.

옆에서 울상을 짓고 있던 한천이 기다렸다는 듯 박수를 치기 시작했다.

"암요, 역시 훌륭한 분답게 공명정대하기 그지없으시다니까, 하핫!"

"에잇! 좋다 말았네."

단엽은 손에 쥐고 있던 잔을 내려놓으며 툴툴거렸다. 사실 조금 아쉽긴 했지만, 그 또한 어차피 혼자 술을 마시고 싶은 생각은 얼마 없었다.

애초부터 한천이나 좀 놀려 먹으려고 했던 말.

술잔을 대신하여 찻잔을 입에 가져다 댄 단엽의 눈동자가 슬그머니 백아린에게로 향했다.

'저 여자 명령이면 한천이 끔뻑 죽는단 말이지.'

사실 단엽으로서는 이해가 잘 가지 않았다.

대체 저 여자에게 어떤 능력이 있기에 한천 같은 사내가 이처럼 어떤 말이든 순순하게 따르는지 계속해서 의문이 든다.

자신이야 천무진에게 완벽하게 깨졌고, 약속을 지키기 위해 이같이 수하 노릇을 하고 있긴 하지만…….

'뭐 약점이라도 잡혔나.'

궁금하다는 듯 바라보고 있던 그때 단엽의 시선을 느낀 백아린이 눈을 동그랗게 뜨며 물었다.

"왜 그렇게 쳐다봐? 뭐 할 말이라도 있어?"

딱히 속내를 드러낼 생각이 없었기에 단엽은 찻잔을 탁 내려놓으며 괜히 툴툴거렸다.

"아니, 그냥…… 우리 둘 다 주인 운이 더럽게 없는 것 같아서. 안 그래 한천?"

자신을 향해 단엽이 화살을 돌리는 바로 그 순간, 갑자기 진지한 표정을 지어 보이며 한천이 답했다.

"아뇨, 전 아닌데요?"

싹 잡아떼는 한천의 대답에 백아린이 어깨를 으쓱해 보이며 말을 받았다.

"아니라는데?"

생각지도 못한 한천의 배신에 단엽이 당황한 듯 더듬거렸다.

"어어…….."

천무진을 비롯한 다른 이들의 쏟아지는 시선에 단엽은 슬그머니 고개를 돌렸다.

'망할, 제대로 당했네.'

단엽은 이 상황을 어떻게 빠져나가야 하나 머리를 쥐어짜야만 했다.

*   *   *

무림맹의 별동대가 마침내 이번 임무의 목적지인 합포(合浦)에 들어섰다. 허나 그들의 모습은 처음 출발할 때와는 많이 달라져 있었다.

우선적으로 별동대는 비밀리에 만나 이야기했던 대로 세 명씩 나눠서 움직이기 시작했다. 무림맹 무인의 모습이 아닌 완전히 다른 행색들을 한 채로 셋씩 나눠서 순차적으로 마을에 들어선 것이다.

어떤 이들은 평범한 장사꾼의 모습으로, 또 누군가는 학문을 연구하는 학자나 여행자인 척하며 신분을 감췄다.

그렇게 육십 명에 달하는 별동대 무인들은 각기 같은 조로 구성된 이들과 합심하여 가짜 신분을 만들어 합포에 조용히 스며들었다.

거기다 사전에 이야기된 대로 객잔도 최대한 겹치지 않도록 배정된 상태.

마을에 들어서기 전 약 반나절에 가까운 시간 동안 이지강은 작전을 설명했다. 제각각의 부대마다 감시를 할 지역과, 묵어야 할 숙소를 정해 줬다.

그리고 비상시 연락망까지 완벽하게 구성했다.

육십여 명에 달하는 인원들 중 중간책의 역할을 해야 하는 일부 무인들을 제외한 오십 명 정도 되는 무인들은 낮과 밤으로 나누어 계속해서 임무를 수행하기로 되어 있었다.

거기다 임무에 투입하기에 앞서 어느 정도 이곳에서 하고자 하는 일이 무엇인지 알려 줘야 했기에 이지강은 절반 정도의 진실을 꺼냈다.

고아들이 실종되고 있고, 그 아이들의 행적이 이 인근으로 향했다는 부분이었다. 그것 정도면 이번 임무의 목적 정도는 충분히 설명할 수 있었기에, 그 외의 것들에 대해서는 일절 밝히지 않았다.

그 숫자가 수천을 넘어 수만이 될지도 모른다는 거나, 사라진 고아들이 끔찍한 실험에 이용되었을 거라는 것 등은 굳이 말해 줄 이유가 없었다.

그저 아이들을 유심히 보고, 개중에 행색이 남루하거나 수상쩍은 움직임을 보이는 경우 조금 더 깊게 관찰하라는 명을 내렸다.

물론 뭔가를 알아내면 결코 혼자 판단해 움직이지 말고, 곧바로 보고를 하라는 지시도 내려 둔 상태였다.

그렇게 모두가 가짜 신분을 한 채로 합포에 들어서고 있는 그 와중에 천무진 일행 또한 움직이고 있었다.

사전에 약속했던 대로 이지강은 천무진과 백아린, 한천을 하나의 조로 구성해 줬고 덕분에 이제는 움직이는 데 있어 딱히 누군가의 눈치를 살필 이유가 없었다.

거기다 길잡이 노릇을 하던 단엽 또한 자연스레 따라붙었다.

다른 이들은 어떻게든 장사꾼이나 다른 평범해 보이는 일행의 행색을 한 것에 반해 천무진 일행은 그것이 못내 어려웠다.

하나같이 외모들이 출중한 탓이다.

그런 이들이 장사꾼 흉내를 내 봤자, 오히려 이질감만 느껴질 수밖에 없었다.

그랬기에 이들이 맡은 역할은 귀한 귀족 집안의 부부와 그런 둘을 지키는 호위 무사였다.

천무진과 백아린은 혼인한 부부를 연기했고, 한천과 아직까지도 죽립을 눌러쓰고 다니는 단엽은 호위 무사 역할을 맡았다.

자연스레 백아린이 짊어지고 있던 대검을 감싸고 있는 커다란 봇짐은 한천의 몫이 되어 버렸다.

맡은 역할이 그렇다 보니 이런 어마어마한 무게의 짐을

귀한 집안의 여인 흉내를 내고 있는 백아린이 직접 들고 다닐 수도 없는 노릇이었다.

선두에서는 천무진과 백아린이 나란히 걸었고, 일정 거리를 둔 채로 단엽과 한천이 둘을 뒤쫓았다.

편안하게 움직이는 단엽과 달리 짐을 짊어지고 걷던 한천이 죽는소리를 해 대기 시작했다.

"아이고, 어깨야."

애초에 들으라고 내뱉은 말을 백아린이 듣지 못했을 리가 없다. 그렇지만 그녀는 못 들은 척 뒤편에서 투덜거리는 한천의 말을 흘렸다.

지금 이들이 향하는 장소는 이 마을에서 머무는 동안 지내기로 되어 있는 사평객잔이라는 곳이었다.

적화신루의 거점은 중원 곳곳에 셀 수도 없을 정도로 많았지만 아쉽게도 이곳 합포 쪽에는 존재하지 않았다.

그랬기에 가까운 마을에 있는 거점을 통해 정보를 수집했고, 낭비되는 시간을 줄이기 위해 사평객잔에서 만나기로 되어 있었다.

목적지를 찾기 위해 주변을 두리번거리던 천무진이 이내 사평객잔을 발견하고는 말했다.

"저쪽인가 보군. 가지."

천무진은 서둘러 걸음을 옮겼다.

이곳에서의 일은 속전속결로 처리해야만 했다.

애초에 운남성으로 가는 척 천무진이 찾는 그들의 눈을 속이긴 했지만, 결국 얼마 시간이 지나지 않아 자신들의 행보는 들통이 날 수밖에 없다. 그렇게 된다면 지금 찾으려 하는 단서 또한 자연스레 사라지게 될 것이다.

그들이 먼저 알아차리고 손을 쓰기 전에 자신들이 먼저 이번 일의 배후를 찾아야 했다.

주어진 건 그리 길지 않은 시간, 마음이 조급한 건 당연한 일이었다.

천무진 일행이 들어선 사평객잔은 그리 크지는 않았지만, 꽤나 잘 꾸며진 값비싼 곳이었다. 자연스레 모여드는 이들의 행색 또한 무척이나 고급스러워 보였다.

짧게는 하루 이틀, 길면 열흘 이상을 보내야 할 곳.

이들의 등장에 먼저 객잔에 자리하고 있던 이들의 시선이 자연스레 쏠렸다.

천무진과 백아린이라는 너무도 빼어난 외모를 지닌 한 쌍은 모두의 주목을 끌기에 충분했으니까.

마찬가지로 들어선 그들을 멍하니 바라보던 객잔 주인이 이내 정신을 차리고는 서둘러 다가왔다.

다가서는 주인장의 앞으로 나아간 한천이 입을 열었다.

"며칠 머물다 갈 예정이니 방을 좀 부탁드립니다."

평상시의 방정맞은 말투가 아닌, 한껏 진지한 척 멋을 낸 목소리였다. 딴에는 호위 무사라는 역할에 맞는 중후한 목소리라 여기는 듯 보였다.

객잔 주인이 물었다.

"방은 몇 개나 드리면 될는지요?"

"그거야 당연히……."

말을 내뱉으려던 한천이 슬쩍 뒤편에 있는 나머지 일행들을 바라봤다. 그러고는 곧 입에 의미심장한 미소를 머금은 채로 말을 이었다.

"두 개면 됩니다."

한천의 말에 뒤편에 서 있던 천무진과 백아린의 표정이 미묘하게 일그러졌다. 허나 두 사람이 채 뭔가 반응도 하기 전에 객잔 주인이 먼저 대꾸했다.

"그럼 그리 준비해 두지요. 식사도 하실 생각이십니까?"

"그럼요. 여기 식당에서 먹고 갈 예정입니다."

"알겠습니다. 그럼 편안한 자리로 가시지요."

객잔 주인의 안내를 받으며 천무진 일행은 창가에서 가장 가까운 곳에 자리할 수 있었다.

막 자리에 앉아 간단한 주문을 끝내자 객잔 주인이 곧바로 주방으로 사라졌다. 그러자 기다렸다는 듯 백아린이 눈을 부라리며 작게 말했다.

"뭐 하는 짓이야? 사람 수가 넷인데 왜 방을 두 개만 잡아."

"하하, 부부신데 당연히 방 두 개면 충분한 거 아닙니까? 왜요? 각방이라도 쓰시려고요? 그거 좀 이상한 거 같은데요."

"아니, 그거야 그렇지만……."

말을 내뱉던 백아린이 슬쩍 천무진의 눈치를 살폈다. 그 또한 잠시 당황하는 눈치였는데 지금은 한결 평온해 보였다.

백아린이 전음을 날렸다.

『불편하지 않으시겠어요?』

『뭐 처음엔 좀 당황하긴 했는데…… 생각해 보니 부총관 말이 맞는 것 같아. 그리고 어차피 천룡성의 비밀 거점에서 지낼 때도 내 집무실에서 거의 생활하다시피 했잖아? 크게 다를 건 없는 것 같은데.』

많은 시간을 천무진과 함께 그의 집무실에서 시간을 보내 왔던 백아린이다. 그걸 생각하면 굳이 다를 것도 없지 않느냐는 천무진의 말에 그녀 또한 알겠다는 듯 고개를 끄덕였다.

말대로 부부를 연기하는 이상 어느 정도 감내해야 할 부분도 분명히 있는 것이니.

천무진의 승낙도 떨어졌지만, 백아린의 시선은 여전히 곱지 않았다.

자신을 향한 그 시선이 느껴졌는지 한천이 변명하듯 전음을 보냈다.

『이왕 하는 거 완벽하게 가야죠. 굳이 의심받을 필요는 없잖습니까.』

『하아, 부총관은 내 걱정도 안 되나 봐.』

『걱정이 안 되긴요. 당연히 되죠. 그렇지만 걱정보다는 믿음이 더 크니까요.』

뻔뻔하게 둘러대는 한천의 말에 백아린은 못 말리겠다는 듯 고개를 젓고는 이내 눈을 부라리며 전음을 이었다.

『하여튼 또 이상한 짓 하기만 해 봐.』

막 전음을 주고받는 것이 끝난 그때를 기점으로 하여 하나씩 주문한 음식들이 나오기 시작했다. 그렇게 시작된 식사가 끝나고, 차를 마시며 잠시 휴식을 취할 무렵.

차르륵.

입구에 걸려 있는 휘장을 걷어 내며 누군가가 성큼 안으로 걸어 들어왔다. 나이는 얼추 사십 대 중반 정도로 평범해 보이는 인상이었다.

화려한 의상에 커다란 봇짐을 짊어지고 있는 것이 영락없는 장사꾼의 모습이었다.

허나 그건 겉모습일 뿐이었다.

그자의 진짜 정체는 다름 아닌 오늘 이곳 객잔에서 만나기로 한 적화신루 쪽의 인물이었으니까.

안에 들어선 그가 주변을 두리번거렸고, 그를 발견한 한천이 손을 들어 올리며 소리쳤다.

"어이, 이보시오! 이쪽이오!"

한천의 부름에 그 중년 사내가 반가운 얼굴로 성큼 다가왔다.

다가온 중년 사내가 싱글벙글 웃으며 말했다.

"아이고, 반갑습니다."

웃는 사내를 향해 백아린이 입을 열었다.

"부탁한 물건은 가지고 오셨나요?"

"물론입죠. 구하기 좀 어려웠습니다만……."

말과 함께 사내는 짊어지고 있던 봇짐을 슬쩍 풀었다.

그 안에는 화려한 비단들이 가득했다. 백아린이 드러난 비단들을 가볍게 어루만지다 이내 고개를 끄덕였다.

"맘에 드는군요. 가문 어르신들의 옷을 만들기에 충분히 좋은 물건 같아요."

"물론입죠. 이 인근에서만 구할 수 있는 특별한 재질로 된 비단입니다요."

"값을 치르도록 해요."

말과 함께 백아린이 옆에 있는 한천을 바라봤고, 그가 준비해 두었던 전낭 주머니를 꺼내 사내에게 건넸다. 안의 내용물을 확인한 사내는 이내 싱글벙글 웃으며 꾸벅 인사를 전했다.

"그럼 찾고 계신 다음 물건이 들어오는 대로 다시 연락 드리겠습니다."

"부탁할게요. 시간이 그리 넉넉지 않아서요."

"그러지요."

말을 마친 중년 사내는 한천에게 건네받은 전낭 주머니를 품 안에 넣고는 곧바로 객잔을 빠져나갔다.

갑작스레 비단을 사는 두 사람의 모습을 천무진과 단엽이 바라보고만 있던 그때였다.

자리에서 벌떡 일어난 백아린이 입을 열었다.

"식사는 다 끝난 거 같은데 이만 올라가요."

말과 함께 백아린이 한천을 향해 비단이 든 봇짐을 가리켰다. 막 백아린의 대검이 든 봇짐을 어깨에 둘러메던 한천이 황급히 옆에 있는 단엽을 부를 때였다.

"어이, 이것 좀 같이……."

허나 입을 열기 무섭게 단엽이 재빠르게 자리를 박차고 쌩하니 계단으로 올라가 버렸다. 그리고 자연스레 천무진과 백아린이 그 뒤를 따라 움직였다.

얼결에 혼자 남게 된 한천이 기가 막힌다는 듯 중얼거렸다.

"하, 인정머리 없는 사람들 같으니라고."

양팔로 비단이 들어 있는 꽤나 큰 봇짐을 안은 채로 한천이 뒤뚱뒤뚱 계단을 올랐다. 그러고는 이내 세 사람이 먼저 들어가 있는 방으로 들어섰다.

한천이 발로 문을 탁 닫으며 입을 열었다.

"아니 이 정도 급여로 이렇게 부려 먹는 건 착취……."

"착취 같은 소리 말고 빨리 가지고 오기나 해."

백아린이 말을 툭 자르자, 한천은 억울하다는 표정을 지은 채로 손에 들고 있던 봇짐을 백아린의 옆에 내려놓았다.

그녀는 곧바로 방 안에 있는 탁자 두 개를 연결하고는 옆에 놓여 있는 봇짐을 풀었다.

그러고는 이내 아무렇지 않게 값비싸 보이는 비단을 풀어헤쳤다.

슥슥.

말려 있던 비단을 풀어헤치는 순간 그 안에서 새하얀 종이들이 모습을 드러냈다.

휙휙.

백아린은 종이만 챙기고 비단들은 곧장 옆으로 내던져

버렸다. 커다란 봇짐 안에 가득 차 있던 값비싼 비단들, 허나 정작 중요한 건 그 안에 감춰져 있던 이 종이들이었다.

죽립을 벗은 채로 상황을 보고만 있던 단엽이 중얼거렸다.

"역시 그쪽 사람이었군."

갑작스럽게 비단을 사는 모습에 의아하면서도 어느 정도 이런 상황을 예상했던 단엽이다.

비밀리에 접선을 해야 했지만, 아직 안전한 장소를 마련하지 못한 상황.

그랬기에 오히려 꽁꽁 감춰서 만나기보다는 다른 이들의 눈에 띄어도 전혀 상관없는 방법을 마련해서 이렇게 정보를 건네받은 것이다.

그리고 이 비단을 받으며 값을 치르기 위해 건네준 전낭주머니.

그 안에는 다른 것에 대한 조사를 부탁하는 서찰이 들어있었다.

지금 의뢰한 것에 대한 정보가 들어온다면 오늘처럼 장사꾼 흉내를 내며 다시금 찾아오면 그만이다.

봇짐 안에 들어가 있던 서찰은 무려 삼십여 장이 훌쩍 넘었다.

그리고 이 서찰 안에서 뭔가를 찾아내는 것.

그것이 지금 백아린이 해내야 하는 일이었다.

그녀가 소매를 걷어붙이며 말했다.

"자 그럼 시작해 볼까요?"

* * *

청아원(靑兒院).

합포에 있는 꽤나 큰 고아원으로, 인근에서 제법 평이 좋은 곳이었다. 시설도 나쁘지 않고, 원장 또한 성품이 좋아 불쌍한 아이들을 결코 지나치지 않는다고 알려져 있다.

해가 지고도 한참의 시간이 지났을 무렵.

청아원 원장의 거처에 사내 하나가 찾아왔다.

바깥에 선 그가 조심스레 안쪽에 기별을 넣었다.

"원장님."

이미 기척 소리에 잠에서 깨어 있었던 것인지 방 안에 있는 그림자가 꿈틀거렸다.

그리고 이내 옆에 있던 촛불에 불이 확 붙으며 원장실 내부의 모습이 드러났다.

초에 불을 붙인 건 사십 대 후반 정도 되는 여인이었다. 웃는 눈매에 선한 인상이 절로 상대방의 마음을 편안하게 만들어 줄 것만 같은 느낌이 드는 인물.

화려하다기보다는 수수한 느낌을 풍기는 고운 여인이었
다.

그녀가 바로 청아원의 원장 두예진(斗藝珍)이었다.

두예진이 웃는 얼굴로 입을 열었다.

"이 밤에 무슨 일이죠?"

"잠시 들어가겠습니다."

말과 함께 사내가 조심스레 문을 열며 방 안으로 들어섰
다.

안으로 들어선 이는 이곳 청아원의 부원장인 추경(秋慶)
이라는 자로 사십 대 초반 정도의 나이에 평범한 외모를 지
닌 사내였다.

머리는 위로 깔끔하게 묶었고, 무척이나 성실해 보이는
인상을 풍겼다.

그가 조심스레 입을 열었다.

"외부 아이들 중 일부가 또 바깥에 나간 모양입니다."

추경의 말이 떨어지는 순간 놀랍게도 두예진의 표정이
거짓말처럼 돌변했다.

"하아?"

인자해 보이던 얼굴이 어느새 싸늘해져 있었다.

짜증 가득한 얼굴의 그녀가 침상에서 몸을 일으켜 세웠
다.

두예진은 곧바로 침상 옆에 있는 거울을 보며 흐트러진 머리를 손으로 단정하게 어루만지기 시작했다. 그러고는 이내 차가워진 표정을 풀며 평소의 인자함 가득한 미소를 머금었다.

여전히 그 따뜻한 미소를 머금은 채 거울 속 자신을 바라보며 그녀가 입을 열었다.

"……이래서 애들은 질색이라니까."

9장. 연기 —
뭐 하는 거야

　적화신루를 통해 받아 온 정보.

　그것은 추론의 근거가 되어 줄 뿐, 적들의 위치나 정체에 대해 밝혀져 있진 않았다.

　그리 쉽게 찾아낼 수 있는 자들이었다면 이처럼 긴 시간 동안 고아들을 잡아가서 끔찍한 일들을 자행하는 것 또한 불가능했을 터.

　그렇지만 적화신루를 통해 들어온 이 정보는 분명 큰 도움이 되어 주고 있었다.

　십수 년에 걸쳐 있었던 여러 가지 의심스러웠던 정황들이 간략하게나마 정리되어져 있었고, 이런 일은 보통 사람들이 할 수 있는 종류의 것이 아니었다.

서찰에는 의심스러워 보이는 곳들에 대해서도 나름 정리가 되어 있었다.

그 숫자는 지금 이곳 합포를 기점으로 하여 인근 마을까지 포함시켜 무려 삼십여 개에 달했다. 전부 뒤집어엎기엔 그 숫자가 많았다.

고아들을 데리고 있을 만한 공간이 있고, 주변의 의심을 받지 않을 수 있는 환경이 조성된 이들의 숫자만 추린 것이다.

무조건적으로 이 안에 있다는 보장은 없지만, 그 확률이 무척이나 높았다.

서찰 몇 장은 그런 삼십여 개 정도 되는 장소들에 대한 간략한 설명이었다.

그리고 그 외의 서찰에 적혀 있는 것은 놀라울 만큼 간단한 정보들이었다.

백아린의 옆에서 마찬가지로 서찰을 확인하던 천무진이 이해가 안 가는지 물었다.

"이건 대체 뭐야?"

"뭐긴요. 그들을 찾을 가장 확실한 단서죠."

"이걸로 그게 가능해?"

"그럼요. 사람이 살아가는 데 있어 절대적으로 필요한

세 가지가 뭔지 알아요? 바로 지낼 거처와 입을 옷, 그리고 식사죠."

거처야 이미 있을 터이고, 옷은 대충 물려주거나 자체적으로 만들어 쓴다 해도 단 하나 외부에서 구입해야 할 수밖에 없는 물품이 있다.

바로 음식이다.

그리고 지금 이 서찰에 적힌 것들은 그 의심스러운 이들이 약 오 년간 식료품을 거래한 장부 내역이었다.

많게는 한 번에 수백 명 이상씩 고아들이 거래가 됐다.

그 말은 곧 그만큼 입이 늘었다는 소리고, 자연스레 식료품 또한 많이 필요할 수밖에 없다.

물론 자체적으로 어느 정도 해결할 수도 있겠지만 전부를 감당하는 건 무리였을 게다.

백아린은 그걸 이용하고 있었다.

"다른 건 전부 어느 정도 가지고 있는 것으로 대체할 수 있지만 음식은 달라요. 기한이 지나면 곧바로 상해 버리니 일정 시간 이상 축척을 해 두는 것도 불가능하거든요. 식료품을 구입하는 것이 의심받을 일은 아니니 굳이 그걸 숨겨서 했을 이유도 없고요."

사람은 허름한 옷을 입는다고 죽지 않는다.

하지만 식사를 하지 못하면 사람은 살지 못한다. 실험을 위해 끌고 가는 아이들, 건강을 무시하지는 못할 것이다.

그녀는 항상 생각해 왔다.

기록은 결코 거짓말을 하지 않는다고.

그랬기에 이번 일의 결정적인 단서 또한 분명히 이 안에 있을 거라 확신했다.

백아린의 말에 천무진은 절로 고개를 끄덕였다.

이런 방법은 생각조차 하지 못했다.

짧게 설명을 끝낸 백아린은 이내 서찰에 다시금 시선을 돌렸다.

그녀의 손에 쥐인 붓이 움직이기 시작했다.

'여긴 아니고, 여기도 아니야.'

식료품의 거래 내역을 보며 확실히 아닌 것 같다 여길 만한 몇 군데를 먼저 제외하고, 의심스러운 곳은 따로 표시를 해 뒀다.

추가적인 의뢰를 위해서였다.

그렇게 지운 곳이 대략 절반 정도.

백아린은 남은 열여덟 곳의 이름을 보며 표정을 구겼다.

이것만으로는 결론에 도달하지 못할 거라 예상은 했지만 많아도 너무 많다.

백아린이 중얼거렸다.

"우선은 이 정도네요. 아직 너무 많은데……."

아쉽다는 듯 말하는 백아린을 향해 천무진이 대답했다.

"두 시진 만에 절반을 줄였어. 그리고 추가적으로 표시해 둔 곳까지 확인하면 또 많이 줄 테고. 우선 절반 가까이를 줄인 것만 해도 큰 수확이야. 감시해야 할 곳이 그만큼 줄었다는 소리니까. 고생했어."

무림맹 별동대의 무인들과는 별개로 적화신루의 사람들이 인근 곳곳에 자리한 채로 수상한 움직임을 감시 중이다.

그런 상황에서 이처럼 절반 가까이 감시해야 할 장소를 줄인다는 건 엄청난 도움이 될 것이다.

천무진의 고생했다는 말에 백아린이 희미하게 웃었다.

만족은 되지 않았지만, 그의 말대로다.

이제 막 이곳에 도착했을 뿐이고, 첫술에 배부를 순 없는 노릇이다.

이제부터 하나씩 단서를 모아 아닌 자들은 지워 나가서 결국 그들을 찾아내면 그만이니까.

그녀가 입을 열었다.

"부총관."

"말씀하시죠, 대장."

잠시 창가에 서서 바깥을 바라보고 있던 한천이 곧바로 고개를 돌리며 대답했다. 그런 그에게 백아린이 명령을 내렸다.

"지금 당장 서찰에서 제거한 이들에 대한 감시는 최소한으로 바꾸고, 다른 곳에 더 집중하는 식으로 운영을 변경하라고 전해 줘. 그리고 따로 표시해 둔 이들에 대해서는 추가적인 정보 요청하고."

"넵, 그렇게 하죠."

"그럼 부탁할게, 부총관."

백아린이 건넨 서찰을 쥔 한천이 곧바로 방문을 박차고 나갔다.

이 이후에 돌아올 답변을 통해서는 추가적으로 어느 정도를 줄일 수 있을까?

운이 좋다면 다섯 개 이내로 범위를 좁힐 수 있을지도 모른다.

그렇게 된다면 그 이후론 직접 현장으로 뛰어도 될 것이다. 그게 아니라면 그들을 집중적으로 감시하여 의심스러운 부분을 찾아내는 쪽으로 일을 진행할 생각이다.

이 모든 걸 해결하는 데 주어진 시간은 그리 길지 않았다.

자신들이 찾는 그들 또한 움직일 테니까.

한천이 나가자 침상 근처에서 치치와 시간을 보내고 있던 단엽이 길게 하품을 하며 물었다.

"하암, 뭐야. 그럼 오늘 당장 할 일은 끝난 건가?"

"당장에는. 아직 감시할 곳도 정해지지 않았으니 오늘은 좀 쉬어."

"그래?"

천무진의 말에 단엽은 기다렸다는 듯 자리에서 일어났다. 꽤나 먼 여정에 단엽 또한 상당히 피곤했던 모양이다.

힐끔 침상 위에 자리한 치치를 다시 한 번 바라본 그가 곧장 방의 입구로 가며 말했다.

"그럼 난 이만. 내일들 보자고."

짧은 인사를 마치고 단엽이 방에서 사라졌다.

한천에 이어 단엽이 사라지자 방 안에는 천무진과 백아린 단둘만이 남게 됐다.

백아린은 아직까지 의자에 앉은 채로 한천에게 쥐여 준 것 외의 서찰을 다시 한 번 꼼꼼하게 살펴보는 중이었다.

시선은 서찰에 박혀 있었지만 사실 지금 그녀의 신경은 다른 쪽으로 쏠려 있었다.

천무진이다.

한천이 나갈 때까지만 해도 별생각이 없었는데, 막상 단엽까지 나가며 단둘만이 남게 되자 백아린은 이상하게 긴장이 되기 시작했다.

부부 연기를 하는 바람에 얼결에 같은 방을 쓰게 된 상황.

사실 처음엔 별거 아니라 생각했다.

같이 정보들을 모으며 밤을 지새운 적이 한두 번이 아니었으니까.

그런데 막상 상황이 이렇게 되자 느낌이 다소 달랐다.

왠지 모를 어색함에 백아린은 입술이 바짝바짝 마르는 기분이었다.

'하, 이거 생각보다 신경 쓰이네.'

눈치를 살피던 그녀가 슬그머니 입을 열었다.

"안 자요?"

"자야지. 그런데 그쪽이 누워야 눕지."

천무진의 대답에 백아린은 크게 당황했다.

단언컨대 살면서 이만큼 당황했던 적은 없다 자부할 수 있을 정도로.

그녀가 손사래를 치며 말했다.

"부, 부부 연기를 한다고 해서 굳이 같이 누울 필요는 없잖아요?"

기겁하는 백아린의 모습에 천무진이 표정을 구기며 받아쳤다.

"대체 무슨 생각을 하는 거야? 그쪽이 자려고 누워야 나도 불을 끄고 잘 거 아니냐는 말이야."

"아⋯⋯."

혼자 헛짚고 이상한 소리를 해 댔다는 사실에 백아린은 순간 말문이 막혔다.

어떻게 해야 하나 머릿속이 하얗게 변해 있던 찰나, 다행히도 천무진이 말을 꺼냈다.

"내가 이쪽 쓸 테니까 그쪽에 있는 침상 쓰면 될 것 같네. 마침 치치도 거기 있으니까."

그나마 다행이라면 애초에 두 명 이상이 묵는 방이라 침상이 두 개가 있다는 점이다. 만약 그렇지 않았다면 백아린은 이것만으로도 꽤나 긴 시간 고민에 빠져 있었을 테니까.

천무진의 말에 그녀가 치치가 있는 침상으로 서둘러 움직였다.

백아린이 다가오자 잠시 나와 있던 치치가 재빠르게 소매 속으로 들어갔고, 그녀는 곧바로 침상에 드러누웠다.

자리에 누운 채로 백아린은 애써 아무렇지 않은 척 인사를 건넸다.

"그럼 저 먼저 잘게요. 쉬어요."

백아린이 말을 마치기 무섭게 천무진은 방 안에 켜져 있던 촛불을 껐다.

순식간에 방 안에는 어둠이 감돌았다.

그리고 이내 몸을 돌리고 누운 백아린의 귓가에 천무진

이 침상에 눕는 소리가 들렸다. 그리고 곧이어 찾아온 깊은 정적.

자리에 누웠지만, 백아린은 이상하게 잠이 오지 않았다.

방금 전 내뱉었던 자신의 헛소리가 계속 머리에 남아 있던 탓이다.

계속해서 뒤척이던 그녀가 결국 이불을 머리끝까지 확 뒤집어썼다.

'아이씨. 창피해 죽겠네.'

이불 속에서 그녀는 스스로의 머리를 쥐어박으며 자책에 빠졌다.

'으이구, 멍청아. 그 상황에 왜 그런 헛소리를 해 가지고는.'

그리고…….

'대체 이불 속에서 뭐 하는 거야?'

백아린의 부스럭거리는 소리에 아직까지도 잠에 들지 못했던 천무진은 퍼덕거리는 이불을 조용히 바라보고 있었다. ·

＊　　　＊　　　＊

이틀의 시간이 흘렀다.

그 시간 동안 의심스러웠던 열여덟 개의 용의자들은 일곱 개로 줄어 있었다. 추가적인 정보를 통해 하나씩 제외해 나가다 보니 유력한 이들로 그들이 남아 있는 것이다.

어떻게든 더 줄이기 위해 백아린은 백방으로 노력했지만 그건 생각보다 쉽지 않았다.

처음 서른 개가 넘었던 이들을 이 정도로 줄여 낸 것만 해도 그녀가 아니면 쉽사리 해내기 어려웠을 일이다.

애초부터 어둠 속에서 살고 있는 이들.

그런 그들의 행적을 찾아낸다는 건 그만큼 쉽지 않은 일이었다.

의심스러운 이들의 숫자를 확 줄이며 감시망을 보다 촘촘하게 해 두기는 했지만, 이 상태로 얼마나 기다려야 그들의 덜미를 잡을 수 있을지는 장담할 수가 없었다.

백아린이 시켜 둔 음식을 먹는 둥 마는 둥 하며 혼자만의 상념에 잠겨 있던 그때였다.

툭툭.

가볍게 젓가락으로 탁자를 치는 소리에 골똘히 생각에 잠겨 있던 백아린이 정신을 차리며 앞을 바라봤다.

천무진이 그녀를 보고 있었다.

"아, 무슨 일 있어요?"

"아니, 너무 안 먹는 것 같아서. 그 면 다 불었어."

"……이런."

그제야 백아린은 앞에 놓여 있는 소면의 면이 퉁퉁 불어 있는 걸 확인했다.

그녀가 서둘러 불어 버린 소면을 먹으려고 할 때였다.

천무진이 젓가락으로 가볍게 그릇을 옆으로 밀어냈다. 그녀가 눈을 동그랗게 뜨고 그를 바라봤다.

"식사도 잘 안 하면서 먹을 때라도 제대로 먹어야지. 기다려."

말과 함께 천무진은 지나가는 점소이에게 서둘러 소면 한 그릇을 더 가져다줄 것을 부탁했다.

생각지도 못한 천무진의 모습에 백아린이 황급히 입을 열었다.

"굳이 새것으로 시켜 주실 필요는……."

"어차피 얼마 걸리지도 않아. 어제도 겨우 한 끼 간신히 먹었잖아."

"맞습니다. 이왕 드시는 거 잘 잡수셔야죠."

옆에서 한천이 천무진의 말을 거들며 나섰다.

일에 몰두하면 제대로 된 식사를 하지 않는 백아린이다. 그런 그녀를 항상 옆에서 지켜봐 왔던 한천이니 자연스레 천무진의 편을 들 수밖에 없었다.

두 사람의 말에 결국 백아린은 고개를 끄덕일 수밖에 없었다.

말대로 제대로 된 식사를 하지 않는다는 걸 스스로도 알고 있었기 때문이다.

다시 주문한 소면은 금방 나왔다.

소면을 백아린을 향해 밀어 주며 천무진이 말했다.

"이번엔 불기 전에 먹어."

"고마워요, 잘 먹을게요."

백아린이 가볍게 웃으며 대답했다.

누군가가 자신을 신경 써 준다는 것에 기분이 썩 나쁘지 않았다.

별거 아닐 수도 있지만, 이 같은 자그마한 배려가 사람 사이의 관계를 만드는 것이었으니까.

천무진의 말대로 백아린은 이번에는 불지 않은 소면을 입에 넣었다. 그렇게 그녀가 막 식사를 끝내 갈 무렵이었다.

따뜻한 국물로 속을 달래고 있는 그때 객잔 바깥에서 익숙한 얼굴 하나가 불쑥 모습을 드러냈다.

오늘로 세 번째 보는 상대.

장사꾼의 행색으로 계속해서 정보를 가져다주는 적화신루의 사내였다.

허나 오늘의 등장은 여태까지 있었던 다른 두 번의 만남과 조금 달랐다.

사전에 약속된 만남이 아니었던 것이다.

그의 갑작스러운 등장에 백아린의 눈빛이 변했다.

연락 없이 나타났다는 말은 그만큼 중요한 뭔가를 가져 왔다는 의미였으니까.

중년 사내가 서둘러 다가왔다.

얼굴에 다소 상기된 표정이 남아 있긴 했지만, 그는 자신 의 역할을 잊지 않았다.

성큼 다가온 사내가 자리에 앉으며 넉살 좋게 말했다.

"아이고, 전에 부탁하신 물건이 드디어 들어왔습니다. 너무 급한 일이라 연락도 못 드리고 왔습니다. 괜찮으시지 요?"

"그럼요. 그럼…… 물건 한 번 볼까요?"

객잔에 있는 다른 이들의 시선 속에서 사내가 가지고 온 물건을 내밀었다.

물건을 감싸고 있는 천을 풀자 안에는 손바닥만 한 향로 하나가 있었다.

특이한 무늬, 그렇지만 중요한 건 역시 이 향로가 아니었 다.

슬쩍 향로의 뚜껑을 열어 안을 보자 그곳에는 하얀 서찰 이 들어가 있었다. 백아린은 이내 뚜껑을 닫으며 자연스레 말을 이어 나갔다.

"괜찮네요."

"서역에서 들어온 귀한 물건입니다. 보수는 추가적으로 전해 드릴 물건이 들어오면 그때 한 번에 받으면 될 것 같은데 어떠십니까?"

추가적으로 정보 의뢰를 할 것이 있다면 말하라는 신호였다. 허나 당장에 필요한 건 없었기에 백아린은 짧게 대답했다.

"그렇게 하죠."

"알겠습니다. 그럼 전 가 보도록 하지요."

말을 마친 중년 사내는 자리에서 일어났고, 이내 백아린은 건네받은 향로를 다시금 천으로 감싸 한천에게 내밀었다.

급히 들어온 정보, 분명 무엇인가 도움 될 것이 있을 거라는 확신이 들었다.

더는 앉아 있을 여유가 없었는지 백아린이 자리에서 일어났다.

"식사들 다 하신 것 같은데 그럼 올라가도록 해요."

말을 마친 그녀가 성큼 걸음을 옮겼고, 향로를 대신하여 들고 있는 한천이 빠르게 그녀를 뒤쫓았다.

천무진까지 곧바로 자리에서 일어나자, 마지막까지 젓가

락을 쥐고 있던 단엽이 투덜거렸다.

"참내, 난 아직인데 말이야."

불만스럽게 말을 하면서도 단엽 또한 젓가락을 내려놓았다.

그 또한 저 향로 안에 담겨 있을 내용이 내심 궁금했으니까.

그렇게 네 사람이 건네받은 향로와 함께 방으로 들어서는 순간이었다.

백아린이 한천에게서 향로를 돌려받으며, 감싼 천을 풀어헤치고는 그 안에 든 서찰을 꺼내어 들었다.

서찰은 그리 길지 않았다.

하지만…….

내용을 읽어 나가던 백아린의 눈동자가 점점 커졌다.

천무진이 물었다.

"무슨 내용이야?"

"……찾았어요."

"뭘?"

되묻는 천무진을 향해 서찰에서 시선을 뗀 그녀가 목소리에 힘을 주어 말했다.

"아이들이요."

"저기야?"

골목길에 몸을 감춘 채로 서 있던 천무진이 옆에 있는 백아린에게 물었다. 그녀는 작게 고개를 끄덕이며 답했다.

"네, 맞아요."

백아린의 옆에는 나머지 두 사람 또한 자리하고 있었다. 그 네 명의 시선이 향하고 있는 곳은 다름 아닌 자그마한 노점이었다.

장사 준비가 한창인지 노점의 주인으로 보이는 육십 대 초반의 노인은 무척이나 바삐 움직이고 있었다.

적화신루를 통해 들어온 정보.

저 노인이 얼마 전 이 마을에서 본 적이 없는 아이들 무리를 봤다는 제보를 했다는 거다. 그리고 그걸 확인하기 위해 지금 이들은 이곳에 나와 있었다.

백아린의 시선이 한천에게로 향했다.

"부총관, 부탁할게."

"그럼요. 조금만 기다리시죠. 제가 아주 싹 털어 올 테니까."

자신만만한 말과 함께 한천 혼자 노점을 향해 걸음을 옮기기 시작했다.

최대한 은밀하게 움직여야 하는 지금 굳이 정보를 캐기 위해 네 사람이 같이 움직여야 할 이유는 없었다. 그랬기에 대표로 한 사람이 나서기로 했고, 그 적임자는 한천이었다.

　이 무리에서 가장 눈에 띄지 않고, 또 적화신루에 오래 몸담아 왔던 만큼 필요한 정보를 가장 잘 얻어 올 수 있는 인물이기도 해서다.

　한천은 사람 좋아 보이는 웃음과 함께 노점으로 다가가 한창 준비에 바쁜 노인에게 말을 걸었다.

　"어르신."

　"죄송한데 아직 열려면 좀 시간이 남았습니다. 나중에 오시죠."

　"아뇨. 여쭐 게 좀 있어서 왔습니다."

　"어허, 지금 준비 중인 걸 뻔히……."

　불만스레 말을 토해 내는 노인을 향해 한천이 빠르게 말을 받았다.

　"얼마 전에 여기서 아이들을 보셨다는 말씀을 듣고 온 사람입니다."

　"아아!"

　그제야 노인은 불만스러웠던 표정을 지웠다.

　그는 자신에게 그 같은 사실을 캐 간 인물들이 누군지 잘 알지 못했다. 적화신루 또한 자신들의 정체를 드러내면서 정보를 캐지 않기 때문이다.

그럼에도 불구하고 노인이 이토록 한천을 반기는 건 역시나 보상금 때문이었다.

노점 주인인 그가 물었다.

"오늘 낮에 다녀간 그 사람들이 보낸다는 그분이시구려."

"맞습니다. 어르신이 본 그거에 대해 좀 듣고 싶어서 왔는데요."

"허허 그거야 어렵지는 않지만, 장사 준비를 좀 해야 하는지라……."

말과 함께 슬쩍 뒤편을 바라보는 노인의 모습에 한천이 미소와 함께 준비해 두었던 전낭을 꺼냈다.

그러자 노인은 기다렸다는 듯 그 주머니를 채 갔다.

묵직한 무게에 만족했고, 이내 안을 슬쩍 들여다본 노인의 입가에 큰 웃음이 걸렸다. 예상보다 훨씬 큰 금액이 들어 있는 덕분이다.

말 몇 마디 해 주는 걸로 족히 한 달은 놀아도 될 정도의 금액을 받았다. 어찌 좋지 않을 수 있겠는가.

싱글벙글한 얼굴로 노인이 말했다.

"뭐든 물어보시지요. 아는 한도 내에서는 다 말씀드릴 테니."

"몇 가지 여쭙고, 확인도 좀 해 보고자 하는데 아이들을 본 게 언제십니까?"

"음…… 그게 정확히 이틀 전 밤이군요."

그날이면 천무진 일행이 이곳 합포에 들어온 날이기도 했다.

생각보다 얼마 안 된 일이라는 사실을 확인한 한천이 재차 물었다.

"그런데 말씀하시는 아이들을 정말로 이 마을에서 본 적 없으신 게 확실합니까?"

"그럼요. 제가 이 자리에서만 장사를 몇 년간 한지 아십니까? 사십 년이 훌쩍 넘지요. 이 근방에 사는 아이들을 모두 안다고 자부할 수도 있습니다."

"가족을 따라 외지에서 온 아이거나, 아니면 어르신이 모르는 경우도 있을 수 있잖습니까?"

확실하게 확인하기 위해 한천은 다른 경우의 수를 꺼내어 들었다.

그렇지만 노인은 단호하게 고개를 저으며 대답했다.

"한 명이라면 모를까 무려 여덟이었습니다. 그렇게 많은 아이들이 같이 있는데 하나같이 처음 보는 얼굴이었다니까요?"

"여덟이 모두 모르는 얼굴이라…… 분명 이 마을 아이들은 아니겠군요."

노인의 말대로 한 명이라면 고개를 갸웃하겠지만, 그 숫자가 여덟이나 된다면 충분히 의심할 수 있는 상황이 만들어진다.

이 마을의 토박이인 노인이 뭉쳐 다니는 그 많은 아이들 중에 단 한 명도 알지 못한다는 건 분명 이상한 일이었으니까.

한천이 물었다.

"그런데 숫자까지 정확하게 기억하시는군요. 일반적으로 그렇게까지 자세히는 기억하기 어려운데 말입니다."

"좀 기억이 남는군요. 행색이 너무 남루했거든."

"……그 말 자세히 좀 해 주시죠."

행색이 남루했다는 말에 한천이 재빠르게 물었다.

지금 자신들이 찾고 있는 건 고아들이다. 당연히 제대로 된 보살핌을 받지 못하니, 행색이 엉망인 경우가 많았다.

그런 상황에서 행색이 남루한 아이들 무리라니…… 뭔가를 잡았다는 느낌이 밀려왔다.

그렇게 노인의 말이 이어졌다.

"이틀 전 밤에 우리 가게로 군것질거리를 사 먹겠다고 우르르 몰려왔는데, 사실…… 좀 그렇지 않습니까. 행색을 보면 영락없는 거지꼴인지라 당연히 무전취식을 하려는 줄 알고 쫓아내려 했더니 가지고 있던 돈을 보여 주더라니까? 괜한 의심을 한 것이 좀 미안하기도 하고 해서 지불한 금액보다 조금 더 넣어서 보내 주기도 했으니 당연히 기억에 남을 수밖에 없지요."

나름 사건이 있었기에 노인은 그 아이들을 더욱 자세히 기억할 수밖에 없었다.

말을 들은 한천이 고개를 끄덕이며 물었다.

"그 이후에는요?"

"다 먹고는 그냥 갈 길을 갔지요. 뭐 그 이후에는 딱히 본 적도 없고요."

"……그렇습니까?"

뭔가 지금 이야기만 들어보면 자신들이 찾는 그들과 관련이 있을 것이 분명해 보이는데, 아쉽게도 이 대화만으로는 뭔가를 유추해 내기가 어려웠다.

그나마 이곳에 또 다시금 고아들이 들어와 있다는 것 정도만이, 알게 된 전부였다.

한천이 계속해서 질문을 던졌다.

"뭐 조금 더 생각나시는 거 없으십니까? 아무거나 좋으니 생각나는 건 전부 말씀해 주시지요."

"음 그것이 딱히 뭐가 더 없는데……."

고민하는 얼굴의 노인을 바라보던 한천이 슬쩍 전낭 하

나를 더 꺼내어 흔들었다. 그걸 보는 순간 노인이 결국 뭔가를 더 기억해 냈는지 손바닥을 마주쳤다.

짝!

"맞아, 분명 그 아이들은 이쪽에서 왔습니다."

노인은 노점 바깥으로 몸을 쭉 빼고는 손가락으로 한쪽 방향을 가리켰다.

노인의 말에 한천이 물었다.

"그게 뭐 특별한 의미라도 있습니까?"

"이쪽은 합포를 나가는 길목이거든요. 당연히 반대쪽에서 와야 정상인데 이쪽에서 왔다는 겁니다. 구경거리도 없고, 이 바깥에는 아이들이 지낼 만한 곳이 그리 많지 않을 터인데……."

"호오."

한천의 눈동자가 슬며시 빛났다.

어쩌면 지금 이 정보는 꽤나 중요한 단서가 될지도 모른다.

한천은 들고 있던 전낭 주머니를 노인에게 건네고는 곧바로 뒤편에 있는 일행들을 향해 돌아왔다.

골목길 안에서 한천이 돌아오길 기다리던 백아린이 다급히 물었다.

"어떻게 됐어?"

"대화는 대충 끝냈고, 제가 봤을 때 저희가 찾는 그 고아들이 맞는 것 같습니다. 여덟 명이나 됐는데, 이 마을의 토박이인 저 영감이 모두 본 적 없는 얼굴이었다고 하더군요. 행색도 남루하고요."

"그래서 그 아이들을 찾을 만한 단서는?"

"별건 없었는데 결정적일지도 모르는 이야기 하나를 듣고 왔지요. 그 아이들이 저쪽에서 왔다는군요. 그리고 저쪽 길은 마을 바깥으로 나가는 길목이랍니다. 당연히 아이들이 올 만한 길도 아니고요. 그렇다면 아마도 저쪽에 놈들의 거점이 있다는 말 아니겠습니까?"

말과 함께 한천이 노인이 말해 주었던 방향을 가리켰다.

이야기를 들은 백아린은 그럴싸하다는 듯 고개를 끄덕였다. 그러고는 곧바로 품 안에 가지고 있던 서찰을 펼쳤다.

그 안에는 아직까지 의심을 하고 있는 일곱 개 단체의 이름이 적혀져 있었다.

그리고 이 중에 저쪽 길과 연결된 곳은…… 단 두 개였다.

백아린은 그 두 곳의 이름을 나지막이 중얼거렸다.

"양화방(兩華幇), 그리고 청아원……."

양화방은 중도 성향을 지닌 무림문파였다. 그리 크진 않아 이 인근에서나 알려진 자그마한 문파, 그리고 청아원은 평범한 고아원이었다.

두 개의 이름을 입에 올렸던 백아린이 천천히 천무진과 시선을 맞췄다.

그 상태로 천무진이 입을 열었다.

"좀 의심스러운 생각이 드는 곳이 있는데 그쪽은 어때?"

"뭐, 저도요. 아마 우리의 생각이 일치할 것 같은데요."

그렇게 시선을 맞춘 채로 두 사람의 입이 동시에 열렸다.

"청아원."

"청아원."

약속이라도 한 것처럼 똑같은 말을 내뱉은 두 사람은 이내 고개를 끄덕였다.

둘의 생각이 일치했다.

그렇다면…… 망설일 이유는 없었다.

＊　　　＊　　　＊

청아원은 오늘도 무척이나 분주했다.

고아들의 숫자가 백 오십 명에 달할 정도로 커다란 고아원이니 당연히 그만큼 많은 일손이 필요했다. 나라에서 지원을 해 주는 고아원이었지만, 그럼에도 불구하고 손이 모자라 외부에서 인력을 따로 구해 와야 할 정도였다.

바쁜 만큼 소란스러운 청아원의 내부.

시끌시끌한 소리를 듣고 있던 청아원 원장 두예진은 자신의 방 침상에 드러누워 있었다.

그녀는 지끈거리는 자신의 이마를 누르며 화를 삭이고 있었다.

"망할. 애새끼들이라 그런가 시끄러워 죽겠네."

평소 두예진의 모습을 아는 이라면 식겁할 만한 말투와 모습이었다.

주변에 알려진 올곧은 품성과 자애로운 성격과는 무척이나 거리가 먼 모양새였기 때문이다.

멀리에서 들려오는 아이들의 웃는 소리조차도 듣기 싫은지 그녀가 인상을 팍 구길 때였다. 방의 입구로 익숙한 수하의 모습이 들어왔다.

청아원의 부원장이자 두예진의 오른팔처럼 움직이고 있는 추경이었다.

그가 서둘러 입구로 들어서자마자 입을 열었다.

"원장님!"

"또 뭐야?"

짜증 가득한 얼굴로 두예진이 물었다.

이틀 전에도 귀찮은 일을 전해 왔던 추경이다. 오늘도 혹시 자신이 모르는 새에 무슨 일이 또 벌어졌나 하며 그녀가 폭발하려고 하는 그때였다.

추경이 말했다.

"후원자가 왔습니다."

"후원자?"

"예, 그것도 상당한 재력가인 듯합니다."

"……그래?"

짜증 가득했던 얼굴이 슬그머니 풀어졌다.

나라에서 나오는 지원만으로는 고아원을 운영하기 어려웠고, 자연스레 후원금이라는 명목으로 돈을 지원받으며 이곳 청아원을 운영한다.

물론 자신들의 뒤에 있는 이들을 통해서 운영에 충분할 정도의 돈은 들어오고 있다.

허나…… 그건 자신의 돈이 아니었다.

말대로 이 청아원을 운영하고, 또 유지하기 위해 필요한 자금이다. 그 돈에 함부로 손을 댔다가는 결코 무사하지 못할 거라는 걸 그녀는 잘 알고 있었다.

그랬기에 두예진은 오래전부터 후원금이라는 이름으로 들어오는 돈을 개인적으로 사용하고 있었다.

침상에 누워 있던 두예진이 벌떡 일어나더니 이내 엉망이 된 옷매무새를 단정케 손질했다. 그러고는 거울을 보며 마지막으로 얼굴까지 확인한 그녀가 추경을 향해 말했다.

"부원장 안내해 줘요."

아까와는 완전히 달라진 인자하고, 배려심 가득한 목소리였다.

순식간에 돌변한 모습에 기가 막힐 법도 하련만 이런 그녀에게 익숙해져서인지 추경은 일말의 표정 변화 없이 앞장서서 걸음을 옮겼다.

그렇게 두 사람은 청아원의 원장실이자, 손님을 맞는 접객실로 사용하는 곳을 향해 걸어갔다.

그리고 이윽고 원장실의 입구에 도착하자 잠시 걸음을 멈춘 두예진은 양손으로 자신의 볼을 슬며시 끌어 올렸다.

그렇게 만들어진 미소.

만면에 미소를 가득 머금은 채로 그녀가 닫혀 있는 원장실의 문을 열며 안으로 걸어 들어갔다.

그 안에는 미리 이곳에 안내받아 먼저 의자에 앉은 채로 기다리고 있던 일련의 무리가 자리하고 있었다.

가짜 미소와 함께 안으로 들어선 두예진이 순간 움찔했다. 자리에 앉아 있는 한 쌍의 남녀 때문이었다.

후원자라고 나타난 상대가 너무도 젊다는 것도 놀라웠지만, 그보다 믿기 힘들 정도로 뛰어난 두 사람의 외모가 더 시선을 잡아끌었다.

잠시 멈칫했던 두예진은 황급히 정신을 다잡으며 입을 열었다.

"어머, 후원자 분이 오셨다고 들어서 어느 정도 나이가 있으신 분들일 거라 생각했는데…… 이렇게 젊으신 분들일 줄은 몰랐어요. 청아원의 원장, 두예진이라고 합니다."

웃고 있는 그녀를 향해 천천히 몸을 일으키는 사내.

그가 마찬가지로 미소를 지은 채 인사를 건넸다.

"반갑습니다. 저는 무진이라고 합니다. 그리고 이쪽은……."

자신을 무진이라고 밝힌 사내는 다름 아닌 천무진이었다. 그리고 그의 옆에 자리하고 있는 건 역시나 백아린이었다.

애정이 가득 담긴 눈빛으로 백아린을 바라보며 천무진이 천천히 말을 이었다.

"제 안사람입니다."

〈다음 권에 계속〉

수라전설 독룡

시니어 신무협 장편소설

ORIENTAL FANTASY STORY & ADVENTURE

"하나도 남김없이 모두 죽일 것이다.
놈들을 전부 죽일 때까지 절대로 끝내지 않아."

유구한 역사를 자랑하는 약문(藥門)들의 잇따른 멸문지화.

시체가 산처럼 쌓이고 피가 바다처럼 흐르는
절망의 지옥에서 마침내 수라(修羅)가 눈을 뜬다!

dream
books
드림북스

『제왕록』, 『무림에 가다』 시리즈의 작가 박정수
그가 거침없는 현대 판타지로 돌아왔다!

『신화의 전장』

주먹을 믿지 마라.
우리가 살아가는 이 땅에 인간을 벗어난 자들이 존재한다.

dream
books
드림북스

전생자

『죽지 않는 무림지존』 『천지를 먹다』 『마검왕』
베스트셀러 작가 나민채의 신작!

[시간 역행을 하시겠습니까?]
[모든 능력이 리셋 됩니다.]
[날짜를 선택 하여 주십시오.]

"1985년 2월 28일. 내가 태어났던 날로."

dream
books
드림북스

DREAMBOOKS★